かな指先

御堂なな子

RB
幻冬舎ルチル文庫

CONTENTS ✦目次✦

あまやかな指先

✦イラスト・麻々原絵里依

あまやかな指先……3
あとがき……222

✦カバーデザイン＝吉野知栄（CoCo.Design）
✦ブックデザイン＝まるか工房

あまやかな指先

1

月村春哉《つきむらはるや》はこの日、とても不機嫌だった。

十何時間も飛行機に乗ってやって来た、初めての海外。初めてのフランス。長くて退屈なフライトに耐えた目的が、純粋な旅行だったら、きっと楽しめたはずなのに。

「どうして蔵元の跡取りのこの俺が、ワイン工場の見学なんかしなきゃいけないんだよ」

悪態をついた春哉の頰《ほお》を、湿気の強い日本とは違う、乾いた風が撫《な》でていく。耳の後ろへと擦《す》り抜けていったそれは、癖のある茶色の髪を柔らかく跳ねさせて、百七十センチに満たない小柄で童顔の春哉に、二十歳らしくないやんちゃな印象を与えていた。

「何を言ってるんです。ワインの本場、ボルドーの醸造技術の勉強をするのも、日本酒の蔵元の将来のためですよ」

「そうですよ、春哉坊ちゃん。せっかく社長が大盤振る舞いしてくださったんだから、ふてくされてないで、楽しく過ごしましょうよ」

春哉のことを、よちよち歩きの頃から知っている同行者たちが、宥《なだ》めるようなことを言う。成田空港を出発した時から、二十人ほどで団体行動をしている訳だが、ワインを勉強しに来るくらいなら、パリにでも留《とど》まって普通に観光をしている方がましだった。

「大盤振る舞いって、ただ会社の経費使っただけだろ。みんな父さんに騙《だま》されんなよな、ったく」

春哉が文句を言ったところで、苦笑を返されるだけで、みんなの視線は春哉以外のことに釘付《くぎづ》けだ。

鈴なりに実をつけている葡萄畑《ぶどうばたけ》の風景の中に、中世のお城の名残《なごり》があるワイナリーと、ハイテク技術を備えた醸造所が建っている。同行者たちがどんなに熱心にカメラを向けていようと、春哉はそれらに全然興味を持てなかった。

ここはワインの世界的な産地ボルドーにある、広大な葡萄畑に囲まれたとあるシャトーだ。『シャトー・ラ・リュヌ』という銘柄の赤ワインを造っていて、日本ではほとんど流通していないが、フランス国内では知る人ぞ知る良質のワインだと評判らしい。

いくら同じ酒でも、原料に糖分が多い単発酵酒のワインと、酒米にデンプンを加えて発酵させる複発酵酒の日本酒では、製造方法が全く違う。蔵元『月村酒造』の研修旅行と称して、わざわざボルドーに足を運んだのは、社長を務める春哉の父親も、従業員たちも、単に酒好きだからだった。

「結局みんな、ワインが飲みたいだけなんだろ？　こんなタンニンばっかで渋い味、どこがうまいんだよ」

「その渋味と香りが絶妙なんですよ。春哉坊ちゃんはワイン嫌いだからなあ」

「二十歳になりたての人には、ボルドーの赤ワインはハードルが高いでしょう。ああもったいない」

「みんな蔵元のプライドはないのか。世界中で一番うまいのは日本酒だろ。ワインなんか邪道だ、邪道」

「それは違うぞ、春哉」

「――父さん」

「土地ごとの気候や食事によって、口に合う酒も変わる。自分の口が日本酒しか受け付けないからと言って、他の土地の酒を悪者にするな」

今回の旅行の発起人でありスポンサー、春哉の父親が、腕組みをしながら窘《たしな》める。

春哉が五代目の社長になるはずの『月村酒造』は、酒米農家をたくさん抱える、昔ながらの製法にこだわった新潟の蔵元だ。一部の工程は機械化が進んでいるとはいえ、まだまだ杜《とう》氏《じ》の腕が製品の味を大きく左右する。春哉の父親は優秀な杜氏でもあり、毎年秋から冬にかけて、部下の職人たちと酒造のシーズンを過ごしていた。

「日本酒もワインくらい、世界的に普及できればいいんだが。これからは国内だけでなく、海外にも積極的に売り込んでいかないとな」

「ですが社長、外国人がわざわざ日本酒を飲むとは思えませんよ」

「特にワインの消費量が多いフランスでは、太刀打ちできません」

従業員たちが頷《うなず》き合っているのを、春哉は黙って見ていることはできなかった。ここがワイン大国フランスだからこそ、たくさんの人に日本酒の良さも知ってもらいたい。

「パリのホテルやレストランでは、何軒かうちの純米大吟醸を置いてもらってるよ。『SAKE』って単語は海外で浸透してるし、和食の人気に、日本酒の知名度も追い付いてきてるんだ」

「春哉坊ちゃん、それも亀の歩みってやつでしょう？　ワインのように日本酒がポピュラーになるまで、先は長いんじゃないですか」

「確かに、販路を広げていくには、まだまだ我々の努力が足りん。春哉、お前も早く大学を卒業して、うちの蔵元を守《も》り立ててくれ。海外相手のビジネスを本格化するために、お前に杜氏の修業をさせなかったんだからな」

「分かってるよ。留年しないようにがんばるから、もうちょっと待ってて」

まだ大学二年生の春哉は、卒業までどうがんばってもあと二年、時間が必要だ。父親の代までは、十四、五歳になれば杜氏の修業をするのが当たり前で、『月村酒造』の酒の味を守ることが、社長になる人間の最大の役目だった。

でも、春哉は違う。杜氏の道より、蔵元の経営の方に強い興味があって、父親に大学進学を認めてもらった。自分が社長になったら、『月村酒造』をもっともっと大きくしようと思っている。月村家で代々守ってきた蔵元を、世界で通用する酒造会社にするのが、春哉の夢だった。

「父さんも俺も、世界でやっていきたい気持ちは一緒だけど、パリにオフィスを出すとかならまだしも、ボルドーまで遊びに来るのは短絡的じゃない？」

「春哉、細かいことはいいじゃないか。ほら、まだ見学コースの半分も進んでいない。みんなとはぐれないように、父さん先に行くぞ」

醸造所を一周する見学コースの最後には、ワインの試飲コーナーが待っている。父親も従業員たちも、そこを一番の目当てにしていることは明白だった。

「――ったく、酒飲みめ。ハメを外す気満々だな」

離れていく父親の背中を見つめながら、春哉はまた悪態をついた。

「ワインは苦手だ……。臭くて渋くて、飲んでもおいしいと思ったこと一度もない」

子供の頃は甘酒、二十歳になってからは大吟醸と、完全に日本酒に染まっている春哉は、ワインを受け付けない体に育ってしまった。

醸造所内はどこもかしこも、特に苦手な赤ワインの香りで満ちている。もったりと鼻孔に詰まる、葡萄が発酵する独特の香りだ。酒米が発酵する香りは大好きなのに、葡萄の香りはやけに甘ったるく鼻に纏《まと》わりついて、好きになれそうにない。

「事務所で電話番をしてるじいちゃんと一緒に、俺もあっちに残ってればよかった」

あぁあ、と溜息《ためいき》をついて、日本酒の香りが恋しくなっている鼻を擦《こす》る。一人で見学コースを回っていた春哉は、ワイン醸造の歴史を展示しているコーナーで、ふと足を止めた。

ヨーロッパで生まれた酒だと思っていたら、ワインはメソポタミア、現在のイラク辺《あた》りが発祥らしい。コーナーの一角に、何千年も前の原始的な製法で造ったワインが、素焼きの壺《つぼ》に入って置いてある。

「ふうん、葡萄の皮についてる天然酵母で発酵させてたのか。偶然っていうか、自然に生まれた酒なんだな」

フランス語で、『飲まないでください』と注意書きがされている壺に、鼻を近付けてみる。強烈に酸《す》っぱい匂《にお》いがして、春哉は閉口した。

（最悪。雑菌でも入って、腐敗が進んでるんじゃないか？）

フランス語が堪能だったら、注意書きのそばにある、説明文のパネルを読むことができたのに。

鼻を押さえながら、すぐにその場を離れて、空気のいい場所を探して歩く。でも、見学コースに入ってからずっとワインの香りにやられていた春哉の鼻は、それ以外の香りを忘れたように、機能を果たせなくなっていた。

「ヤバ……、なんか、ふらふらする」

香りに酔ってしまったんだろうか。アルコールには強い体質のはずなのに、足元がふらついて、頭がぼうっとしてくる。

まっすぐに立っていられなくなった春哉は、見学コースの途中で、トイレを探した。でも、頭を左右に動かした拍子に、ぐらりと眩暈《めまい》がして、吐き気が込み上げてくる。

（気持ち悪い……っ）

口元を手で隠しながら、春哉はよろけて通路の壁に体を預けた。こんな場所で粗相なんかしたくない。蹲《うずくま》って必死に吐き気を堪《こら》えていると、小走りの足音が近付いてきた。

「君、どうかしましたか？　具合でも悪いの？」

日本語で話しかけられて、一瞬、ほっと緊張が緩む。知らない男の人の声。春哉と同じ観光客だろうか、とても流暢《りゅうちょう》な日本語だ。

「すみ、ません。大丈夫——です」

「顔が真っ青だ。少しだけ歩けるかい？　肩を貸すから、外へ出よう」

「……あの……、あなたは……？」

「挨拶《あいさつ》は後で。さあ、私に摑《つか》まって」

「ありがとうございま、す」

差し出された手に、春哉は自分の手を伸ばそうとした。その人の手は、長くて綺麗《きれい》な指をした、大きな手だった。でも、吐き気はさらにひどくなって、春哉は立ち上がることさえできなくなった。

「君、しっかりするんだ、君っ」

男の人の声が、春哉の耳からだんだん遠ざかっていく。力強い腕に抱かれて、君、ともう一度呼ばれたのを最後に、春哉は気を失ってしまった。

頬にくすぐったさを感じて、春哉は目を覚ました。うまく頭が働かなくて、自分がどこにいるのか分からない。春哉の頬を撫でていたのは、柔らかくて心地いいそよ風だった。実家の近くの田園に似ている、土と太陽の匂いが混じったそれが、気分の悪さを払拭《ふっしょく》してくれたんだろうか。ゆっくりと体を起こせるくらいには、元気が戻っていた。

「ここは——？」

瞬《まばた》きをした視界の向こうに、収穫期の近付いた葡萄畑が広がっている。春哉がいたのは、その畑を見下ろせる場所にある、屋根のついた東屋《あずまや》だ。東屋から数十メートルほど離れた位置に、気を失うまで見学をしていた醸造所の建物が聳《そび》えている。

「空が真っ青だ。よく風が通って、気持ちいい」

東屋の大きなベンチに、タオルケットをかけられた状態で、春哉は寝かされていたようだった。自分で歩いた記憶はないから、あの日本語の上手な男の人が、きっとここまで運んでくれたんだろう。意識が戻ったばかりのぼんやりしている頭で、春哉が曖昧《あいまい》な記憶を辿《たど》っていると、ベンチの傍《かたわ》らのテーブルに、水やタオルが置かれていることに気付いた。

「あの人が、面倒を見てくれたのかな。観光客——じゃなかったのか」

見学コースのスタッフなら、日本語を話す人がいても不思議じゃない。すぐにお礼を言いたいのに、東屋にいたのは、春哉一人だけだった。

テーブルの上の、綺麗にカッティングされたガラスの水差しを見ていると、急に喉《のど》が渇いてくる。勝手に飲んでもいいのか、少し迷った春哉の瞳が、水差しのそばにあったバスケットに留まった。

「葡萄……？　畑に生《な》ってるやつと同じだ」

バスケットの中に、さも食べてくださいと言わんばかりに、葡萄が盛られている。たまに家の食卓に出る大粒の品種とは違う、ブルーベリーのような小粒の葡萄だ。

「こいつがあの醸造所の中でワインになるのか。『シャトー・ラ・リュヌ』だっけ？　リュヌって何の意味なんだろ」

試しに葡萄を一粒摘まんで、まじまじと見つめてみる。深紫色のそれは、よく熟れているように見えるけれど、味は想像もつかない。

「どうせワインと同じで、葡萄自体も渋いんだろ。日本の米はめちゃくちゃおいしいのに」

蔵元の跡取りとしてワインに対抗したい気持ちと、ほんの少しの好奇心と、渇いた喉が、春哉に葡萄を食べさせた。一粒、ぽいっと口に入れると、意外なほど固い皮に面食らう。嚙《か》んでも種が大きくて、食べられる部分はあまり多くない。でも、果汁はとても甘くて、びっくりするくらいおいしかった。

「――何、これ。うま……っ」

春哉のおいしいものに敏感な舌が、次の一粒を待ち受けている。遠慮がちに葡萄を摘まんで、さっきと同じように口の中に放り込んだ。

「やっぱり甘い…っ！　ワイン用の葡萄ってこんなにうまいの？　このまま搾ってジュースにしてもイケそう」

もう一粒、また一粒、次々食べているうちに、やみつきになってしまった。こうなると、対抗心よりも葡萄への興味の方が強く湧《わ》いてきて、もっと詳しく知りたくなる。いったいどんな品種なんだろう。

「確か、見学コースの入り口でパンフをもらったっけ。あれに載ってるかな――」

ジーンズの尻ポケットをがさごそやって、春哉はパンフレットを取り出した。食べた葡萄と同じ葡萄が、写真つきで掲載されている。でも、フランス語が難しくて品種名が読めない。

「カ、カブエレ、カベエル、サウベ？」

「――カベルネ・ソーヴィニヨン。メルロー種と並ぶ、赤ワインの最もポピュラーな原料の一つだよ」

「え……」

優しい日本語を話す声に、はっとして、春哉は顔を上げた。ハサミを入れたポケット付きのベルトを腰に巻き、葡萄でいっぱいのカゴを肩に担いだ男の人が、東屋の六角形の屋根の下に立っている。

（日本の、人？）

無造作な黒い髪に、黒い瞳。白いシャツが似合う陽《ひ》に焼けた頬が、男らしく整った顔立ちの中で際立っている。小柄な春哉より二十センチ以上は長身なのに、威圧感が全然ないのは、その人の眼差《まなざ》しがとても優しげで、にっこりと笑顔を浮かべているからだろう。

「さっきよりは顔色がよくなったね。気分はどう？」

「は、はい、だいぶすっきりしました。あの、あなたが、俺をここへ運んでくれたんですか？」

「ああ」

「すみません、ありがとうございました！」

「いいからいいから。急に動くと、また倒れてしまうよ」

立ち上がろうとした春哉を、その人は両手を広げて制した。長い足で東屋へ入ってきて、空《あ》いていたベンチに、重たそうなカゴを置く。

「見学コースの通路で、君は気を失ったんだ。覚えているかい？」

「はい、何となく——。ワインの香りに酔ったみたいで」

「このシャトーで一番空気のいい場所に運んだんだけど、まだふらふらするようなら、医師を呼ぶよ」

「いえ…っ、もう平気です。ありがとうございました。ご迷惑をかけてすみません」

「大事にならなくてよかった。せっかくボルドーまで観光に来てくれたのに、楽しめないいんじゃ申し訳ないからね」

「あ…、観光っていうか、俺は実家が日本酒の蔵元をやっていて、社長の父や従業員たちと、ここのシャトーを見学しに来たんです」

「へえ、ご実家が蔵元を?」

人懐《ひとなつ》こそうな彼の瞳が、ぱちくり、と瞬きをした。春哉よりもだいぶ年上だろうに、表情がとても生き生きとしていて、少年のような印象を抱《いだ》かせる。春哉は彼に好感を抱きながら、挨拶をした。

「俺は『月村酒造』の、月村春哉といいます。今は地元の新潟の大学で経営を勉強していま す。あの、名刺をもらってください」

「『月村酒造』さんか。これはおもしろい」

くす、と彼が笑った意味を、春哉は分かりかねた。学生のくせに春哉が名刺を持っているのがおもしろかったのだろうか。

高校を卒業した年に、春哉は正式に『月村酒造』の社員として登録されている。肩書らしい肩書はないけれど、蔵元どうしの集まりや新酒鑑評会で交換している名刺を、春哉は彼へと差し出した。

「どうもありがとう。私は葛城耀一《かつらぎよういち》といいます、よろしく」

「葛城さん――」

「不調法ですまない。畑で作業をしている時は、自分の名刺を持っていないんだ」

「あ、いいえ。葛城さんは、やっぱりこのシャトーで働いているんですね」

「ああ、まあ。うちのカベルネ・ソーヴィニヨン、味見をしてくれたんだね。おいしかった？」

テーブルの上の、食べかけの葡萄に目をやって、葛城は微笑《ほほえ》んだ。

「勝手に食べちゃってすみませんっ。予想外に甘くて、つい…」

「ははは。完熟したものは、ここでしか食べられないから貴重だよ。ワイン用の葡萄は食用もできるって、知らない人も多いんだ」

「俺も全然知りませんでした。日本で食べてる葡萄とは違うけど、おいしかったです」

「日本の葡萄か。巨峰もピオーネもしばらく食べていないな」

「葛城さんは、フランスに住んでもう長いんですか？」

「本格的にこっちで生活を始めたのは、七年くらい前からかな。春哉くんは、フランスは初めて？」

「はい。今日パリからボルドーに着いたんです。他にロワール地方と、ブルゴーニュにも見学に行く予定です」

「その三ヶ所なら、白もロゼも赤もいいものが揃《そろ》っているよ。よかったら、うちのワインをお土産《みやげ》に進呈させてくれないか？　ロワールにもブルゴーニュにも負けない、自慢の逸品なんだ」

「あ……、いえ、お土産はその、父たちがたくさん買って帰ると思うんで、俺は遠慮させてください」

「そう言わずに。君のような若い人にも、ボルドーの本物の赤ワインに親しんでもらいたいんだ。きっと気に入るはずだよ」

よっぽど自分が働いているシャトーのワインに自信があるんだろう。熱心な葛城の物言いから、それが伝わってくる。

春哉も父たちが造っている日本酒に自信を持っているから、人に薦めたい葛城の気持ちが分かる。でも、ワインの香りだけで具合を悪くした春哉に、葛城の厚意は荷が重かった。

「あの、実は俺、ワインが苦手で——。特に赤ワインは、体が受け付けないっていうか、渋い味しかしないんです」

春哉が正直にそう言うと、葛城は一瞬だけ、瞳を丸くした。ワイン嫌いがシャトーを見学に来るなんて、変に思われただろうか。

春哉が黙り込むと、葛城はそれからすぐに睫毛《まつげ》を伏せて、申し訳なさそうに苦笑した。

「確かにワインには好き嫌いがある。たくさんの葡萄の品種を混ぜて造るボルドーワインは、飲み慣れていない人にはヘビーかもしれないな」

「すみません。香りだけで酔うくらいだから、俺にはちょっと無理かなって……」

「君のことを知らないのに、一方的にワインを薦めて悪かったね。周囲にもよく言われるんだ。あんまり熱心に売り込み過ぎると、相手は逆に引いてしまうよって」

「あ、い、いいえっ、引いたりなんかしてません。ここのシャトーのワイン、『シャトー・ラ・リュヌ』でしたっけ。葛城さんはワインが大好きなんですね。なんか、気持ちが伝わってきました」

「ありがとう。手塩にかけて育てた葡萄で造っている、まるで自分の子供のようなワインなんだ。少しでも好きになってくれる人が増えたらいいと思って、毎日こうして、葡萄の世話をしているんだよ」

ぽん、と葡萄のカゴを掌《てのひら》で叩《たた》いて、葛城は腰にぶら下げていたタオルで汗を拭《ぬぐ》った。

葛城の熱い語りと、きらきら輝いている黒い瞳が、ワイン嫌いの春哉の胸を揺さぶる。彼は春哉と同じ、酒造の世界に魅《み》せられていた。ワインと日本酒の違いはあっても、自分が携わっている酒に対する愛情は、二人とも負けず劣らず強かった。

(葛城さんって、俺や父さんとよく似てる。こういう人が造ってるワインは、どんな味がするんだろう)

ワインの味が分からない自分を、この時だけは、春哉は少し恨めしく思った。

「でも、君も変わっているね。ワインが苦手なのに、わざわざボルドーへ立ち寄るなんて。

パリやニースの方が見どころが多いし、観光には適しているよ」

「いちおう社員研修なんで、ワインの産地を見学して回るのが、今回の旅行の目的なんです。俺も蔵元の跡取りとして、何か勉強できることがあればいいなって思ってます」

「真面目《まじめ》なんだな。具体的には、どんな勉強がしたいの？」

「俺は、日本酒もワインみたいに、世界じゅうで飲まれるような酒にしたいんです。日本酒のことを知らない人は、世界にまだたくさんいます。大学を卒業したら、そういう人たちを相手にビジネスがしたくて。……最初は、シャトーを見学しても何の参考にもならないって思ってたけど、葛城さんを見ていて、少し考えが変わりました」

「私？」

「はい」

出会ったばかりの人に、将来の夢の話をしている自分が、とても不思議だった。ワインに愛情を持っている葛城なら、今はまだ大き過ぎる春哉の夢も、笑わずに聞いてくれる気がしたのだ。

「日本酒もワインも、手間と気持ちを込めて造るのは一緒です。今はワインに負けてるけど、将来は日本酒の良さを分かってもらえるようなビジネスがしたい。そのために、葛城さんのシャトーを参考にさせてください」

「——光栄だな。フランスにいながら、君のような熱い夢を抱いた人に出会えるなんて、こんなに嬉《うれ》しいことはない」

葛城が瞳を細めて、感心したように呟《つぶや》く。葡萄畑を渡る爽やかな風が、二人のいる東屋にも届いて、春哉の少し照れた頬をくすぐった。

「君は自分の考えをしっかり持った、将来が楽しみな学生さんだ。ご実家の蔵元も、君がいれば安泰だろう」

「あ…、ありがとうございますっ。父や祖父には半人前って言われてるけど、がんばります」

「一人前になる時間はたっぷりあるさ。君とは、もっとゆっくり話してみたいな」

「え？」

「ここの見学が終わったら、もう次の目的地へ出発するのかい？」

「いいえ、このシャトーの敷地にあるホテルに、何日か滞在して、ボルドー内のいろんな地区を見て回る予定です」

「それはいい。ゆっくり寛《くつろ》いでいって」

「はい。ホテルは元々貴族の館だって聞いて、うちの母が楽しみにしてるんです」

「ワインの製造は、この辺りの貴族の領地で盛んに行なわれていたからね。ボルドーの歴史の話は、また今度会った時にしよう。じゃあ、そろそろ私は仕事に戻るよ」

ベンチに置いていた葡萄のカゴを、よいしょ、と肩に担いで、葛城は東屋を出て行こうとした。

「あ、そうだ。見学コースに戻るには、この東屋から出ている小径《こみち》をまっすぐに登っていって。醸造所まで続いているから」

「はい。あのっ、カベルネ・ソーヴィニヨン、おいしかったです。ごちそうさまでした」

「今度はうまく言えたね。——それじゃ、春哉くん、また」

軽く手を振って、葛城は葡萄畑の方へと戻っていった。生い茂った葉と、重たそうに実をつけた葡萄に隠れて、瞬《またた》く間に彼の後ろ姿が見えなくなる。

「行っちゃった。俺も、あの人ともうちょっと話したかったな。またこの葡萄畑に来たら会えるかなあ」

独り言を呟いた春哉の声が、乾いた夏の風に攫《さら》われていく。太陽のハレーションを起こしていた葛城のシャツの背中を、名残惜しく思いながら、春哉はテーブルの上の葡萄を、もう一粒食べた。

「あれ？　さっきよりもおいしい」

どうしてだろう。春哉は小首を傾《かし》げて、口の中に広がる新たな味を、ごくん、と飲み込んだ。

その日の夜。慣れないスーツとネクタイでお洒落《しゃれ》をした春哉は、少し緊張した顔で、ディナーの席についていた。

元はフランスの貴族が住んでいたという、シャトー内の古城を改装したホテル。ドーム型の石造りの天井の下、メインダイニングには春哉の両親と『月村酒造』の従業員たちが勢揃いして、ワインと料理を堪能している。

コースで運ばれてくる料理には、ボルドーの港街で水揚げされた新鮮なシーフードがふんだんに使われていて、春哉の食欲を刺激した。でも、堅苦しいネクタイのせいで、あまり喉を通らなかった。

「どうしてこんな、正式なディナーなの？　今夜はみんなで宴会するって言ってなかった？」

エビのゼリー寄せをスプーンで掬《すく》いながら、春哉は隣の席に向かって呟いた。実家ではめったに身につけない宝石のネックレスをして、グラスの中のワインを半分ほど空けていた母親が、上機嫌で答える。

「『シャトー・ラ・リュヌ』のオーナーさんが、私たちを招待してくださったのよ。日本から蔵元の団体が来てるって聞いて、気を遣ってくださったみたい。ありがたいことね」

「オーナーさん？」

「まだ三十歳になったばかりでお若いのに、シャトーの経営と広大な葡萄園の管理をされてる、やり手な方よ。このお城をホテルとして一般客に開放したのも、オーナーさんのアイデ

由真《ゆま》だ。由真は

アなんですって」

「へえ…、有能な人なんだね」

「有能な上に、紳士ですっごいイケメンなのよ」

そう言って会話に入ってきたのは、『月村酒造』で事務の仕事をしている由真《ゆま》だ。由真は春哉の三つ年上の幼馴染《おさななじみ》で、昔から『月村酒造』に酒米を納入している農家の一人娘でもある。

「もう、由真ちゃんったら、その話ばっかり」

「だっておばさ——専務も素敵な人だって言ってたじゃないですか」

母親の呼び方を、わざわざ専務と言い直して、由真は頬を赤くした。家族同然にお互いの家を行き来している間柄だから、由真は社員になっても、昔からの癖が抜けないのだ。

「由真ねえちゃんと母さんは、もうその人に会ったんだね」

「もちろん。私たちのお部屋までわざわざ挨拶に来てくれたの。また会いたいなー」

「春哉もオーナーさんにご挨拶をしなくちゃね。昼間は急にいなくなっちゃって、どこに行ってたの？　お父さんも心配してたわよ」

「えっ、ううっ、べ、別にいいだろ、子供じゃないんだから、どこで何してても」

別のテーブルで、従業員たちと酒談義を交わしている父親を、春哉はちらりと盗み見た。

見学中に具合が悪くなって、葡萄畑の東屋で休んでいたことを、春哉は誰にも言っていない。特に両親には心配をかけたくなかったし、ワインの香りに酔ったなんて、正直に打ち明けるのは恥ずかしかったからだ。

（そう言えば、あれから一度も葛城さんに会わなかった。あの人もこの近くに住んでるのかな）

いくらワインが好きでも、わざわざ遠いボルドーまで来て、シャトーで働いている日本人は珍しいだろう。葛城のことをもっとよく聞いておけばよかったと、春哉は後悔した。

「――失礼いたします。当ダイニングのシェフでございます。本日のディナーはご満足いただけましたか？」

白いコックコートのフランス人シェフが、厨房《ちゅうぼう》からやって来て、日本語で挨拶をした。彼の料理の味に満足した父親が、賞賛の握手を交わしている。ぼんやりとその光景を見ていると、春哉の耳に、やけにはしゃいだ由真の声が飛び込んできた。

「オーナーさんだ…っ。春ちゃん、入り口のドアのところ見て。あの人よあの人っ」

「え？」

「いやーん、スーツ姿かっこいい…っ！　春ちゃんより超似合ってる～～～」

「いちいち俺を引き合いに出すなよ。似合わないって自分で分かってるんだからさ」

広いメインダイニングの入り口の方を見て、由真は目をハートマークにしている。普段、「『月村酒造』はおじさんばかりでつまらない」と言って憚《はばか》らない彼女だ。イケメンに敏感な

由真の視線を、春哉も追い駆けてみる。

「……あの人が……オーナー……?」

キャンドルの灯《ひ》が揺れる、ダイニングの明かりの下に現れた、三つ揃いのスーツを着た紳士。イケメンという軽い言葉より、端整とか、美丈夫と言った方が合うかもしれない。まるで吸い寄せられるように、春哉はその人から目が離せなくなった。

「嘘《うそ》――」

春哉のテーブルに向かって、紳士がゆっくりと歩いてくる。春哉と視線が合うと、その人はにっこりと微笑んで、整えた黒髪の下にある瞳を細めた。優しい弧を描くその瞳を、春哉は昼間、葡萄畑の東屋で見た。

「葛城さん!」

春哉が名前を呼ぶ前に、テーブルの向かいの席で、由真が黄色い声を上げた。

誰か冗談だと言ってほしい。葡萄をいっぱいにした大きなカゴを、肩に担いでいた白シャツの彼が、『シャトー・ラ・リュヌ』のオーナーだったなんて――。春哉はすぐには信じられなくて、カトラリーを手から落としそうになった。

「こんばんは、『月村酒造』のみなさん。本日のディナーの招待を、快くお受けくださってありがとうございます」

春哉のテーブルのそばで立ち止まって、葛城は優雅なお辞儀をした。由真の拍手に煽《あお》られるようにして、春哉もぱちぱちと手を叩く。でも、頭の中はまだ混乱していた。

（本当に本物のオーナーなんだ。俺の名刺を渡した時に、教えてくれればよかったのに、意地悪だよ、葛城さん）

軽く恨みたい気持ちで、葛城を上目遣いに睨《にら》む。すると、彼はスーツの襟元を正して、春哉へのいたずらの続きのように、微笑みを深くした。

「蔵元の跡取り息子くん、また会ったね」

「……こ、こんばんは。昼間はお世話になりました」

「あら、春哉、葛城さんとどこでお会いしたの？　ちゃんとご挨拶はできた？」

「母さん、俺はいちおう大学生なんだからさ、挨拶くらいできるよ」

「奥様、どうぞご安心なさってください。ご子息は大変ご立派で、しっかりしてらっしゃいますよ」

「あらあら、まあまあ、ありがとうございます」

「ずるい、春ちゃん。私より先に葛城さんと親しくなるなんて！」

「別に親しくなんか…。昼間にちょっと話をしただけだよ」

テーブルの下で、ハイヒールの由真に足を踏まれそうになって、慌てて避《よ》ける。近所では美人のお嬢さんで通っているのに、由真は元々おてんばで、年下の幼馴染の春哉に対して遠慮がない。

最も身近な女の子が勝ち気な性格だったせいか、春哉は他の女の子にも及び腰で、大学生になった今も彼女一人作ったことがなかった。

「奥様、ワインのおかわりはいかがですか？　当たり年の『シャトー・ラ・リュヌ　2003』をお注《つ》ぎしましょう」

「まあ嬉しい。オーナーの葛城さんから、直々《じきじき》に注いでいただけるなんて、光栄です」

「よろしければ、そちらのお嬢さんも。お名前は由真さんでしたね」

「名前を覚えていてくださったんですね！　ありがとうございます、いただきます」

由真の瞳が、またハートマークになっている。いつの間にか、葛城の傍らには、数本のワインを並べたワゴンが準備されていた。

ワインオープナーの隣にある、フラスコのお化けのようなガラスの器は何だろう。華麗な仕草でワインの栓を開けた葛城が、その巨大フラスコを手に取って、とくとくとく、と中身を注ぎ始める。

「いい音……。ソムリエみたい。素敵」

「母さん、あれ何してるの？」

「デキャンタージュよ。年代の若いボルドーワインは、あの器の中で空気に触れさせて、香りを開いた最適な状態で飲むの」

「逆に古い年代のヴィンテージワインでは、ボトルに溜《た》まる澱《おり》を取り除く役目をするのよ。

ワインの飲み方の基本じゃない。春ちゃん、そんなことも知らないの？」

「ふん。どう飲んだってワインはワインだ。味は変わらないよ」

「――春哉くんはワインが苦手だものね。デキャンタージュを知らなくても、少しも恥ずかしくないよ」

葛城に優しげにそう言われると、春哉はばつの悪い思いがした。シャトーのオーナーを相手に、面と向かってワインが苦手だと宣言した人間は、きっと春哉くらいだろう。葛城の素性を知らなかったとはいえ、ケンカを売ったと思われても仕方ない。

（ディナーに招待してもらったし、ちゃんと謝っといた方がいいのかな。俺のせいで、『月村酒造』の人間は失礼な奴だって思われたらまずいし……）

春哉が内心焦っているとも知らず、葛城は巨大フラスコを傾けて、母親と由真のグラスにワインを注ぎ分けている。すっと伸びた背筋といい、無駄のない手と指先の動きといい、なんて所作の綺麗な人なんだろう。

わくわくしている様子の母親と由真のそばで、春哉は葛城に謝るきっかけを失ってしまった。鮮やかな深紅色をしたワインを、乾杯、と言いながら、二人はやけにありがたがって飲んだ。

「おいしい――。香りがふわっと広がって、とても澄んだ軽やかなお味ですね」

「ありがとうございます。この年の葡萄は雑味の少ない良作で、できあがったワインにも十分それが反映されているんです」

「ボルドー産で、こんなに口当たりがすっきりしてる赤は初めて。何杯でも飲めそうですね」

「酒豪の母さんはともかく、由真ねえちゃんはほんとに味分かってんの？」

「何よその言い方。私は赤ワインがお酒の中で一番好きなんですー」

「酒米農家の娘が何言ってんだか。由真ねえちゃんとこのおじさんが聞いたら悲しむよ」

由真の家で作っている酒米は、『月村酒造』で使う酒米の約三割を担っている。どんなに杜氏がいい腕を持っていても、米の味が悪ければ、おいしい酒を生み出すことはできない。

その点、米と葡萄はとてもよく似ているのかもしれない。

（昼間、葛城さんに食べさせてもらった葡萄は、本当においしかった。…ってことは、あのワインもやっぱりおいしいのかな）

他のテーブルにもワインを注いで回って、葛城が戻ってくる。中身が残り少なくなった巨大フラスコを、春哉がじっと見つめていると、葛城は長身の背中を屈《かが》めて、小さな声で囁《ささや》いた。

「私のシャトーの自慢のワインを、君も試してみるかい？」

「あっ…、俺は、えっと……」

葛城の誘いに、春哉は戸惑った。嫌いなワインを無理して飲んだら、醜態を曝《さら》しそうで怖かったからだ。

「そう硬くならないで。君の口に合いそうな銘柄を選んできたんだ」

「え…っ？　俺のために、ですか？」

「これでもいちおう、ソムリエの資格を持っているからね。遠い日本から来てくれた大切なお客様に、ワインを楽しんでいただくために、努力は惜しまないよ」

「葛城さん――」

間近な距離で微笑まれて、酒を一滴も飲んでいないのに、春哉の視界がぽうっと霞《かす》んでいく。葛城は、春哉が思っていた以上に親切で、ワインに対して真摯《しんし》な人だった。

「葛城さんって、本物のソムリエだったんですか⁉」

「ええ」

「すごーい！」

由真が両手を組んで、うっとりとした顔をする。葛城のワインの開け方や注ぎ方が、とても洗練されて見えたのは、彼がプロだったからだ。

「フランスに来たのは、最初はソムリエの修業のためだったんです。このシャトーは当時世話になっていた知人のもので、彼が手放す時に、私が跡を引き継いだんですよ」

「やだ…っ、ますますかっこいい……っ」

イケメン、オーナー、ソムリエと三拍子揃えば、由真でなくても葛城のファンになる女の子はたくさんいるだろう。このメインダイニングには、『月村酒造』の面々の他にも、数組の客がいる。綺麗なフランス人マダムたちからも、葛城へ熱い視線が注がれていた。

（モテるんだろうな、葛城さん。男の俺だって、この人のこと、正直すごいって思う）

日本酒の本場で何代も蔵元を営むのと、フランスに渡って自分の力でシャトーのオーナーになるのと、いったいどちらが難しいだろう。

海外で日本酒を広める夢を持っている春哉には、フランスで成功している葛城のことが、とても眩《まぶ》しく見える。彼はソファにふんぞり返って、シャトーの経営だけをしているオーナーじゃない。酒米の水田の視察を欠かさない春哉の父親と同じ、葡萄畑で自ら汗を流して仕事をするような、熱意のあるオーナーだった。

（……この人が造ってるワインなら、少しだけ飲んでみてもいいかな……）

進んでワインを飲んでもいいと思ったのは、この時が初めてだった。日本酒しか飲めないはずなのに、葛城にうまく乗せられているとしか思えない。自分の変化に自分で戸惑ってしまう。

「――春哉くんは、葡萄が発酵する強い香りと、タンニンの渋味が苦手だったね」

「あ…、はい。そのせいで、赤ワインは何度飲んでもおいしいと思えなくて」

「苦手なものは体が異物だと判断してしまうんだよ。深みのあるボルドーの赤は、また今度テイスティングしてもらおう。今夜はこの白ワインから挑戦してみて」

ワゴンのワインクーラーから、そっと葛城が取り上げたのは、ラベルのついていないボトルだった。中身はまるで調味料の味醂《みりん》のような、白ワインにしては濃い色が目を惹《ひ》く。

（こんな色したワイン、初めて見た）

葛城はグラスに少しだけそのワインを注いで、春哉の前に置いた。グラスの脚から、す、と音もなく離れた綺麗な指先を、つい目で追ってしまう。

「さあ、どうぞ」

「春ちゃんにはもったいなーい」

「黙っててよ、由真ねえちゃん。――じゃあ、いただきます」

春哉は緊張しながら、グラスを口元に近付けた。昼間、気を失うほど強かった葡萄の香りは、あまりしない。その代わり、いろんな果実をミックスしたような、柔らかな香りが鼻をくすぐる。

その香りに誘われるようにして、春哉はワインを一口、口に含んだ。

「……甘い……っ」

衝撃的な味だった。口中に広がる甘さにびっくりして、思わず声が出る。嫌な渋味がどこにもない。ワインであることを忘れるくらい、蜜《みつ》の味が春哉の舌の上をするりと撫でて、喉へと駆け下りていく。

「これ――本当にワインですか？　すごく甘い、蜂蜜みたい」

「貴腐ワインというんだ。銘柄は『リーニェ・ブラン』。特別な菌が付着して水分の抜けた葡萄を使うから、糖分だけが残って甘くなるんだよ」

「貴腐ワイン……。聞いたことないです」

「ボルドーでは主に、このメドック地区より南西のソーテルヌ地区で造られている。口当たりはいいけど、アルコール度数は他の白ワインと変わらないから、飲み過ぎには気を付けて」

「はい。ワインが駄目な俺でも、これは一杯くらいなら大丈夫そうです。こんなに飲みやすいワインがあるなんて、知らなかった」

ワインへの苦手意識が、ほんの少しだけ揺らいだ。舐《な》めるようにゆっくりとしたペースで、それでもグラス半分を飲んだ春哉のことを、葛城が嬉しそうに見つめている。

「他のみなさんも、いかがですか?」

「はいっ、いただきますっ」

私も、私も、と由真と母親が先を争うように手を挙げる。春哉と違い、なみなみと『リーニェ・ブラン』を注いでもらった二人は、グラスを掲げて乾杯をした。

「純米大吟醸しか飲めない春哉と、ワインで乾杯なんて、雨でも降るんじゃないかしら」

「俺だって、いいものはいいって認めるよ。このワイン、女の子に人気ありそう」

「んーっ、甘ーいっ。ボルドーって赤ワインのイメージだけど、白ワインもあるんですね。これはデザートみたい」

「ええ。貴腐ワインは別名、デザート・ワインとも言います。いずれ当シャトーの主力の一つになる銘柄ですが、まだ開発途上の段階なので、このホテル内でだけ試験的に提供しているんですよ」

「こんなにおいしいのに、完成品じゃないんですか？」

「私の葡萄畑は霧が少ないので、貴腐ワインの元になる菌の発生には向いていないんです。商品として味を安定させ、流通に乗せられるようにするには、まだ研究が足りません」

「ワインを造るのも大変なんだ——」

グラスの中の、蜂蜜色のワインを見つめて、春哉は嘆息混じりに呟いた。昼間見た、あの広大な葡萄畑と向き合って、葛城はワインを造っている。自分が納得できる味を追求する姿は、とてもストイックで、磨き上げた米で酒母を仕込む杜氏の姿に重なって見えた。

「葛城さん、このワインも、カベルネ・ソーヴィニヨンで造るんですか？」

「これはセミヨンという白葡萄で造るんだよ。君に味見をしてもらった赤葡萄とは、違う品種だ。——もし興味があるなら、明日にでもセミヨンの畑を案内しよう」

「え…っ。明日、ですか」

「ああ。ちょうど生育具合をチェックする予定だったんだ。君も一緒に行かないか？」

思わぬ誘いに、春哉は一瞬戸惑った。

明日はこのメドック地区からポムロール地区へ移動して、別のシャトーを見学することになっている。一週間ほどの社員旅行で、ボルドーに滞在するのは、今日を入れてほんの数日しかない。

（俺にも飲めるワインが、どんな葡萄で造られているのか、見てみたいな……）

春哉がグラスの中を覗《のぞ》き込むたび、今まで考えたこともなかった、ワインへの興味が膨らんでいく。でも、あれほどワインが苦手だと言ったくせに、変わり身が早過ぎないだろうか。素直に葛城の誘いに乗ることができなくて、春哉は返事ができないままでいた。

「いいなあ、私もセミヨンの葡萄畑を見たいです！　彼と一緒に連れて行ってください」

「由真ねえちゃん…っ？」

「ええ、もちろん由真さんもご招待します。夏の朝の葡萄畑は清々《すがすが》しいですよ。期待していてください」

「はいっ。楽しみにしています。春ちゃん、明日は早起きしてね」

「ちょっ…、もう、何を勝手に話進めてるんだよ。ポムロールには行かなくていいの？」

「いいのいいの。葛城さん、よろしくお願いします」

春哉が返答に困っている間に、由真が勝手に葛城と話をつけてしまった。春哉は顔だけは迷惑そうに仏頂面《ぶっちょうづら》をして、まだ知らない葡萄畑のことで、頭をいっぱいにさせていた。

2

「はあ……、すごい、いい空気……」

ボルドーに滞在して二日目の朝。丘陵地に流れるジロンド河の水面を見下ろして、由真は大きく深呼吸した。由真の隣で、春哉は借り物の麦わら帽子の鍔《つば》を摘まみ、どこまでも広がる葡萄畑を見渡している。

「眺めも最高だよ。川のこっち側は、全部葡萄畑なんだって」

「地元の田んぼだらけの風景と、ちょっとだけ似てない？」

「本当だ。でも、新潟より涼しいかな」

「うん、八月なのに長袖《ながそで》でちょうどいいくらい。——ああ、気持ちいい。どう、春ちゃん。早起きして正解だったでしょ？」

「まあね。別に由真ねえちゃんの手柄じゃないけど」

「何よ、三つも年下のくせに生意気ね」

「何だよ。昔は負けてたけど、今なら力は俺の方が強いよ？」

「あんたねえ。か弱い女の子と力で勝負する気？」

「か弱い？　それ誰のこと言ってんの？」

幼馴染の気安さで、由真と挨拶代わりの口ゲンカをする。のどかな風景の中でじゃれ合っていると、春哉を朝の葡萄畑に招待してくれた人が、後ろでくすくす笑った。

「君たちは姉弟みたいに仲良しだな。見ていて飽きないよ」

「ちょっ、やだー、葛城さん。全然仲良くなんかないですよー」

春哉に対する時と全然違う、女の子っぽいかわいい声。イケメンの葛城と幼馴染で、こんなにがらりと態度を変えられるなんて。春哉は由真を見ながら瞳を丸くした。

「二人とも、こちらへどうぞ。セミヨンの畑はもう少し先だよ」

「はーい。春ちゃん、転ばないように気を付けてね」

「う、うん」

葛城に見惚《みと》れている由真の方が、よっぽど足元が危うい。葛城を先頭にして、三人は丘陵地のなだらかな坂を下っていった。

細い小径の両側を埋める、数え切れないほどの葡萄の木は、明け方に発生した霧のせいで葉を湿らせている。葛城が案内してくれた畑は、他の畑よりも葡萄の生育が速くて、たくさんの黄緑色の実をつけていた。

「これがセミヨンの葡萄だよ。早生の品種だから、もうだいぶ熟れてきているね」

「種無し葡萄みたい。小さい実なんですね」

「小粒でも、甘みはとても強いんだ。醸造する時は他の品種の葡萄を混ぜて、酸味を加えているんだよ」

「すごーい、勉強になります」

熟した実を数粒摘んで、葛城はそれを、春哉と由真に差し出した。大きな掌《てのひら》の上の実は、つやつやとしていて、宝石のような透明感がある。

「味見をどうぞ」

「わあ、いただきまーす」

「いただきます。――んっ、めちゃくちゃ甘い。昨日の葡萄とは食感も味も違うけど、これもおいしいですね」

「このセミヨンに貴腐菌が付着すると、水分が抜けてどんどん甘くなる。ほら、こっちの房は褐色に変色しているだろう？　菌が作用している証拠だ」

「この実があの蜂蜜みたいな貴腐ワインになるんだ……」

「丘陵地という土地柄と、川からやって来る霧と、目に見えない菌が織り成す、貴腐ワインは自然の奇跡だよ。私たちワインの造り手《ヴィニュロン》は、その恵みをありがたく受け取っているんだ」

茂った葉をいとおしそうに撫でながら、葛城が褐色の葡萄の実を覗き込んでいる。ワインと同じように、米から生まれる日本酒も、自然の力が生んだ奇跡なのかもしれない。そう思うと、何だか自分が壮大な仕事に取り組んでいるようで、春哉は身が引き締まった。

「あっ、畑の向こうにバラが咲いてる。見て見て、春ちゃん、すごく綺麗」

由真が携帯電話のカメラを向けた先に、畑を囲むようにして、ぐるりとバラの生垣が続いている。赤や白の満開の花が、葡萄の緑の葉と鮮やかなコントラストを作り出していて、春哉も写真を撮りたくなった。

「あのバラは害虫避《よ》けなんだよ。葡萄に悪い虫がつかないように、守ってくれているんだ」

「農薬を使わない上に、見た目も綺麗なんて素敵」

「葛城さんは、自分の葡萄畑を本当に大切にしてるんですね」

「ああ。大切に世話をしてやれば、その分葡萄はいいワインになって応えてくれる。少しも手を抜くことはできないよ」

にこ、と微笑んだ葛城の顔は、とても誇らしげだった。朝陽を浴びているからだろうか。何だか彼のことが眩しくて、春哉は気後れして、スニーカーの足をもじもじさせた。

「春ちゃん、バラの前で、葛城さんと三人で記念写真撮ろう?」

「あ…、う、うん。いいよ」

闊達な由真は、畑の小径をぐんぐん先に下っていく。あっという間にバラの生垣へ着いた由真を、春哉も追おうとした。でも、慌てていたせいで、霧で湿って滑りやすくなっていた土に、足を取られてしまう。

「う、わ…っ!」

「——危ない」

転びそうになった春哉の体が、ぐいっと後ろへ引っ張られる。葛城の広い胸に、背中から抱き留められて、春哉は一瞬息を止めた。

葛城の手が、春哉の腕を力強く摑んでいる。昨日、醸造所の見学コースで倒れた時と同じ、間近に彼の体温を感じて、春哉は訳もなくどきどきした。

「大丈夫かい？　足元が悪いから、気を付けて」

「す、すみません……っ」

「そそっかしい君が転ばないように、生垣までエスコートをするよ」

そう言うと、葛城は春哉の手を引いて、小径の先へと歩き出した。さっき感じた体温よりも、触れ合った指と掌が熱い気がする。大人の男の人と手を繋《つな》いでいる、あり得ない状況に、はっと春哉は我に返った。

「葛城さんっ、俺っ、自分で歩けますから」

こんなところを由真に見られたら、何を言われるか分からない。恥ずかしくてたまらなくて、顔じゅうが赤くなった。

「君は昨日の前科があるからな。また倒れたりしたら大変だ」

「もう平気です……っ。離してください」

振り解《ほど》こうとした春哉の手を、葛城はいっそう強く握り締めた。びっくりしている春哉の方を振り返って、彼はおもしろそうに見つめている。

「ピノ・ノワールの若木みたいだ。ミクロ・クリマに翻弄されて、君は恥ずかしがったり慌

「とても手のかかる葡萄だということだよ。ピノ・ノワールはボルドーではほとんど栽培していない。育て方を知らないから、私も、君に対しては手探りだ」

「何の呪文ですか、それ。俺に分かるように言ってください」

てたり、少しも目が離せない」

「ますます意味分かんないです――」

ふ、とまた笑みを浮かべて、葛城は前を向いた。眼下に続く葡萄畑を、葛城と手を繋いだまま、ゆっくりと歩いていく。

ピノ・ノワールが、ボルドーと並ぶ一大ワイン産地、ブルゴーニュを代表する葡萄だったこと。ミクロ・クリマが、ピノ・ノワールの生育を左右する気候や温度、風の具合を示す言葉だったこと。春哉はそれらを、後になってから知った。

とても手のかかる葡萄――春哉のことをそう評した人が、シャツの背中に朝陽をたっぷりと浴びて、畑の小径を下りていく。まだ赤味のひかない顔を、麦わら帽子の下に隠して、春哉は彼を追った。由真の待つ、バラの生垣に辿り着くまで、結局繋いだ手を離してはもらえなかった。

古城のホテルの夜が、静かに更けていく。宿泊者だけに開放されているサロンで、春哉は豪華なソファに体を預けながら、携帯電話を覗き込んでいた。

「由真ねえちゃん、すごいネコかぶってる。葛城さんと俺との態度の違いはいったい何なんだよ」

電話の画面に、バラの生垣の前で撮った記念写真が表示されている。今朝、セミヨンの葡萄畑を見学していた時に写したものだ。由真は葛城と腕を組んで、春哉が見たこともないよそいきの顔で微笑んでいた。

「……セミヨンの畑も広かったなあ。葛城さんは、畑を毎日歩いて回って、葡萄の世話をしてるんだ」

画面をタップしていた指が、葛城一人を写した写真の上で止まる。たわわな葡萄の実を見つめている彼は、おいしいワインになるように、心の中で祈っていたのかもしれない。

不意に、彼と手を繋いだことを思い出して、春哉の指先が熱くなった。春哉のことをからかう時の、いたずらっぽく笑った顔と、葡萄に向き合う時の真剣な顔。正反対の葛城の顔が、春哉の記憶に鮮明に残っていて、何だか落ち着かない気分にさせる。

「――失礼します。お客様、お寛ぎいただけていますか」

「えっ？　あ、葛城さん……っ」

急に声をかけられて、春哉はウサギのように飛び上がった。いつからそこにいたのか、ソファのそばに葛城が立っている。

「こ、こんばんは。今朝は葡萄畑を見学させてもらって、ありがとうございました」

「どういたしまして。私も君と楽しい時間が過ごせて嬉しかったよ」

春哉は慌てて電話の画面を消すと、それをジーンズのポケットに突っ込んだ。今夜も葛城は三つ揃いのスーツを着て、畑にいた時のラフな格好とは違う、シャトーのオーナーの風格を漂わせている。

(朝と夜で、別人みたいだ)

変わらないのは、よく陽に焼けている頬くらいだろう。葛城の小麦色のそれを見上げていると、彼は春哉へ、右手に持っていた丸いトレーを差し出した。

「春哉くんに、サービスのナイト・キャップをお持ちしました」

ナイト・キャップは、確か寝酒という意味だ。でも、トレーに載っていたのはワインでも日本酒でもなく、ガラスの器に盛ったデザートだった。

「バニラアイス——?」

「せっかくだから、『シャトー・ラ・リュヌ』風に、おいしいソースをかけよう」

葛城はそう言うと、アイスの器のそばにあった、片口の小さなソースポットを手に取った。とろっと垂れてきた赤いソースが、バニラの白によく映える。

「どうぞ召し上がれ」

「あ、ありがとうございます。いただきます」

ぴかぴかの銀のスプーンでアイスを掬って、春哉は一口食べた。ベリーのソースだと思っていたら、微《かす》かにアルコールの香りがする。

「これ、赤ワインですか？」

「正解。渋味を飛ばして、シナモンやフルーツと一緒に煮詰めたソースだよ」

「……意外……。バニラアイスに合う。赤ワインって、こういうこともできるんだ」

「君にワインを楽しんでもらうための、苦肉の策なんだけど、うまくいった？」

ワインが苦手な春哉に、葛城は惜しみなく心を砕いてくれる。ソースの味以上に、葛城のその気持ちが嬉しくて、春哉は素直に頷いた。

「はい。シナモンが効いてて、すごく食べやすいです」

よかった、と呟いて、葛城は満足そうに頷いた。おいしいデザートに舌鼓を打っていると、二人だけの静かなサロンに、春哉の父親たちが姿を見せる。

「何だ、春哉。部屋に戻って来ないと思ったら、ここにいたのか」

「父さん。母さんと由真ねえちゃんも、揃ってどうしたの？」

「今朝葡萄畑を案内してもらったでしょ？　葛城さんにお礼をしなくちゃって、みんなで探してたのよ」

「どうぞお気遣いなく。たいしたガイドではありませんから」

「いやいや、息子と由真ちゃんが世話になりました。手前味噌ですが、お礼にこれを受け取ってください」

『月村酒造』の屋号がプリントされた箱を、父親は葛城へと差し出した。清酒のギフト用に、実家の店舗で使っている化粧箱だ。

「これは……、月村さんの蔵元で造ってらっしゃるお酒ですか」

「ええ。『春乃音《はるのね》』という純米大吟醸です。うちの一押しの銘柄なんですよ」

「ありがとうございます。お気を遣わせて申し訳ありません」

「ワインを造ってらっしゃる方のお口に合うといいんですが」

「実は、日本酒にも目がないんです。今からテラスでご一緒に、月見酒はいかがですか」

「いいですな！　ぜひ」

「父さん、迷惑だよ。宴会なら部屋でおとなしくやれよ」

「いいじゃない、春哉。お父さんは葛城さんと、ゆっくりお酒の話をしたいんですって」

「シェフに肴《さかな》の用意をさせますから、先にお席の方へどうぞ。誰か、お客様をテラスへご案内してくれ」

「――はい、かしこまりました」

サロンの隅に控えていたホテルの従業員が、きびきびした様子で、庭に面したテラスへ続くドアを開けた。根っから酒好きの父親が、満月に明るく照らされたそこへ、母親と由真を連れていそいそと出ていく。

わざわざスーツケースに入れて、『春乃音』をフランスに持ってくるくらいだ。宴会のチャンスを逃さない父親に呆《あき》れながら、春哉は溜息をついた。

「すみません、葛城さん。親父《おやじ》の奴、遠慮がなくて」

「いいお父さんじゃないか。君の蔵元がどんなお酒を造っているのか、とても興味があったんだ。栓を開けるのが楽しみだね」

『春乃音』の化粧箱をそっと撫でる、葛城の指先が優しい。彼が日本酒にも目がないと言ったのは、多分本当だろう。

「この大吟醸は、俺が生まれた年にできた銘柄なんです。名前に『春』ってついてるのも、俺の名前と掛けてるらしくて」

発売して二十年、『春乃音』は毎年売上トップを誇る、『月村酒造』を代表する銘柄だ。ワインを飲み慣れた葛城にも、おいしいと思ってもらえるといい。

「跡取りができた記念の銘柄なんだろう。大事に飲ませていただくよ」

「……父さんがいるから無理かも……」

「ははは。グラスは小さいものを用意した方がいいかな。切子硝子《ガラス》の杯でもあれば、日本酒にぴったりなんだけど、ここの厨房には置いていないんだ」

「あ…、じゃあ、シャンパングラスとか、どうですか？『春乃音』を飲んだお客さんから、シャンパンみたいな味がするって、よく感想をもらうんです」

「いいアイデアだね。すぐに準備してくるから、君もテラスで待っていて」

「はい」

踵《きびす》を返して、葛城が忙しそうにサロンを出ていく。彼のスーツの背中を見送ってから、テラスに出てみると、父親たちが先に月見に興じていた。

「すごい眺め。ここからも葡萄畑が見えるんだ」

「春哉、早くお前も座れ。葡萄畑にぽっかり浮かぶ月も、なかなかオツなものだぞ」

冴《さ》えた満月の光を浴びて、夜風に揺れる葡萄の枝葉が、青銀色の輪郭を浮き彫りにしている。旅行に来る前に読んだガイドブックでは、ボルドーには『月の都』と呼ばれている歴史地区があるらしい。

観光らしい観光をしていないことを思い出しながら、ぼんやり月を見上げていると、春哉たちのもとへ葛城が戻ってきた。

「お待たせしました。『春乃音』のサーヴは、私にお任せいただいてもかまいませんか?」

「ええ、もちろん」

葛城の後ろに控えていた従業員が、テーブルにグラスや皿を並べていく。銀のカトラリーの代わりに、箸《はし》とおしぼりが出てきたのが、日本酒を囲む酒席らしくて嬉しかった。

「シャンパングラスで飲むの? おしゃれ!」

ワインのボトルと同じように、葛城が優雅な仕草で『春乃音』を開ける。四合瓶《びん》の口から立ち上る純米の香りに、素晴らしい、と一言感想を囁いて、葛城は微笑んだ。

「由真さん、このグラスは春哉くんのアイデアなんですよ」

「嘘ー、春ちゃんが？」

「ほう、たまには春哉も気の利《き》いたことをするんだな」

「たまに、は余計だって」

軽口を叩き合っている間に、みんなの前に『春乃音』で満たしたグラスが置かれる。最後に自分のグラスへ注ぎ分けて、葛城は空いていた席に腰掛けた。

「それじゃあ乾杯しますか。葛城さん、我々をもてなしてくださって、感謝しています。お近付きに一献どうぞ」

「ありがとうございます。いただきます」

チン、と軽くグラスを触れ合わせて、春哉は葛城を見つめた。彼に早く『春乃音』を飲んでもらいたくて、胸がどきどきする。

「月の雫《しずく》と表現したいほど、澄んだ水色《すいしょく》ですね。夜の外気と溶け合って、香りがどんどん豊かになる」

ソムリエらしく、『春乃音』をそう評してから、葛城は形のいい唇をグラスにつけた。こく、と動く彼の喉に合わせるように、春哉も唾《つば》を飲み込む。すると、葛城は一瞬言葉を失《な》くして、漆黒の瞳を瞬《しばたた》かせた。

「――これはおいしい……」

染み入るような葛城の呟きに、他の全員が顔を見合わせた。彼の感想が聞きたかったのは、春哉だけではなかった。

「果実のような芳醇さの中に、極上のブラン・ド・ブランに似た、きりっとした甘みを感じます。とても一本気な、鮮烈な味だ」

「うちの『春乃音』を気に入っていただけましたか、葛城さん」

「ええ。この名酒の前では、ソムリエがどんな賞賛の言葉を並べても、陳腐になってしまうでしょう。本当においしい、素晴らしい大吟醸ですね」

「やった！」

春哉は思わず、由真とハイタッチをした。両親もそれに加わって、テラスが一気に賑《にぎ》やかになる。

「どうだ春哉、プロのソムリエさんに認められたぞ」

「うんっ。やっぱりうちの酒は最高だね」

心の中でガッツポーズを決めて、春哉もグラスを呷《あお》る。何度も飲んだ『春乃音』の味が、今夜は格別においしかった。

みんなで日本酒を飲んでいると、ここがワインの本場、ボルドーであることを忘れてしまいそうになる。テーブルにはシェフ特製のオードブルが次々運ばれてきて、宴会の雰囲気が盛り上がった。

「四合瓶じゃ足りないな。一升瓶を持って来ればよかった」

「私もまだ飲み足りません。『春乃音』はフランスでも購入可能ですか？」

「パリなら取り扱っている代理店がありますよ。そこからホテルやレストランへ卸してもらってるんです」

「本当はもっと手広く売りたいんだけど、『春乃音』の味をフランスの人に知ってもらうには、まだまだだね」

「これを飲めば、フランセーズもすぐに魅力に気付くはずなのに、もったいない。――月村さん、私に一つ、ご提案があります」

「提案？」

「ええ。当シャトーでは定期的にワインの試飲会を開いているんですが、そこで『春乃音』をご紹介させていただけませんか」

「え…っ、試飲会にうちの酒を⁉」

葛城の思いがけない提案に、春哉と父親は同時に声を上げた。由真と母親もびっくりして顔を見合わせている。

「しかし、ワインが主体の会に我々が割り込むのは、場違いでは――」

「ご心配いりません、格式ばった品評会ではありませんから。試飲会には一般のお客様の他に、バイヤーや飲食店の仕入れ担当者も招待しています。目利きの彼らに、『春乃音』をテイスティングしてもらいましょう」

「父さん……、これって、すごいチャンスじゃない？　目利きの人たちに認められたら、『春乃音』の知名度が一気に上がるかもしれないよ！」

興奮を抑えられずに、春哉は声を大きくした。春哉には、日本酒をワインのように世界に広めたい夢がある。葛城が試飲会に誘ってくれたのは、その夢の第一歩のような気がして仕方なかった。

「葛城さん、試飲会はいつ開かれるんですか？」

「一週間後の金曜の夜です。場所はメインダイニングで、お客様は百名様ほどお越しいただく予定です」

「まあ。一週間後じゃ、私たちはもう日本へ帰っているわね」

「あ…っ、そうだった……！」

「ねえ春ちゃん、もし試飲会に出してもらうとして、『春乃音』はどこから調達するの？　おじさんが持って来た『春乃音』、私たちが飲んじゃったわよ？」

テーブルの上の、残り少ないボトルに、全員の視線が集中する。すると、腕組みをして何か考えていた父親が、珍しく真面目な顔をして言った。

「今すぐ代理店に頼めば、相応の数は確保できる。パリから輸送してもらって、試飲会には十分間に合うはずだ」

「父さん」

「ただ…、『春乃音』だけが届いてもな。製法や飲み方をお客さんに紹介できる、案内役が必要だ。我々が帰国してしまっては、誰にもその役は任せられないぞ」

「そっ、それじゃあ俺がこっちに残るよ！」

春哉は勢い込んで、テーブルに身を乗り出した。『春乃音』のことなら、父親の次に自分がよく分かっている。春哉は両手の拳《こぶし》を強く握って、案内役に名乗り出た。

「俺はまだ、大学が夏休みだし。みんなは仕事があるから、新潟へ帰らなくちゃいけないだろ？　『春乃音』のことは俺に任せて。俺以外に案内役ができる奴、他にいないよ」

「何言ってんの。春ちゃん、フランス語できないでしょ？」

「一人でこっちに残るなんて無理よ。お母さん心配だわ」

「春哉、勢いだけでは駄目だぞ。まだ学生のお前には、責任の重たい仕事だ」

「でも…っ、せっかくのチャンスなのに。俺、『春乃音』をもっとフランスの人に知ってもらいたいんだ。俺も『月村酒造』の一員なんだから、役に立ちたい」

「春哉……」

「お願いします！　社長！　跡取りの俺を、『春乃音』のために働かせて」

父親のことを、真面目に社長と呼んだのは、これが初めてかもしれない。こんなに熱い思いで、『春乃音』と、跡取りの自分の役目を考えたことも。

するると、しん、と静かになったテラスに、拍手の音が起こった。葛城が席を立って、両手を鳴らしながら春哉のそばに歩み寄る。

「月村さんは、本当に有望な息子さんをお持ちですね。春哉くんの熱意に打たれました。私も彼に協力させていただきます」

「え…っ？」

「挨拶程度のフランス語なら、私がレクチャーしましょう。滞在が延びても不安がないように、こちらで春哉くんのお世話をさせてください。もちろん、帰国の際は空港までちゃんとお送りします」

「葛城さん、息子のためにそこまで言っていただいて、ご迷惑ではないですか？」

「いいえ。彼は将来、優秀なビジネスマンになるでしょう。彼のために力添えができるなら、私も光栄です」

春哉のことを、優しい眼差しで見つめて、葛城は背中を叩いた。ぽんぽん、と励ますようなそれが、春哉の胸の中まで熱くさせる。

「葛城さん、ありがとうございます。俺、こっちに残って試飲会に出ます。父さん、いいよね？」

「――仕方ないな。葛城さんのご厚意を無駄にしないように、ちゃんと考えて行動しなさい。うちの蔵元の顔を潰《つぶ》すようなことも、絶対に禁止だぞ」

「うん！『月村酒造』のために、俺がんばるよ！」

「葛城さん、不肖《ふしょう》の息子ですが、どうぞよろしくお願いします」

「お任せください。――よかったな、春哉くん」

「はいっ。試飲会のこと、もっと詳しく教えてください」

春哉は声を弾ませて、葛城のことを見上げた。いっそう優しくなった彼の瞳に、自分の顔が映り込んでいる。誇らしげなそれは、葛城が有望だと言ってくれた、将来の蔵元の跡取りの顔だった。

3

『春乃音』を試飲会に出品することが決まった翌日、『月村酒造』の一行は、三つのグループに分かれた。

大半の従業員は、当初の予定通り旅行を続けるために、春哉の父親とともにボルドーを発《た》った。次の見学地のブルゴーニュから、父親は営業課長とパリに赴き、『春乃音』の代理店と商談をする。そして旅行を中断した春哉と母親と由真は、ボルドーに残って試飲会の準備に勤《いそ》しんだ。

ワインを飲み慣れた招待客の中には、試飲会で初めて日本酒に触れる人もいるだろう。シャンパンに似た風味を持つ『春乃音』は、フランスの人の口にも合うはずだ。ボルドーの食材を使った特製のオードブルを考えたり、街の雑貨店で日本風のグラスを揃えたり、あれこれ忙しく働いているうちに、春哉以外のみんなが帰国する日がやって来た。

「春哉、『春乃音』のチラシ、葛城さんにフランス語で訳してもらったから、後でコピーしてお客さんに配ってね」

「うん、分かった。任せといて」

「半人前のあなたに任せて、本当に大丈夫なのかしらねえ」

「春ちゃん、私もずっとボルドーにいたいけど、もう帰らなくちゃ。葛城さん、またきっと会いに来ますね」

「またいつでも遊びにいらしてください。お二人とも、どうぞお気を付けて」

「この子のことを、くれぐれもよろしくお願いします――」

葛城がつけてくれたガイドとともに、列車でボルドー駅を出発した母親と由真は、父親と従業員たちが待つパリの空港へと向かった。

心強いみんなが帰国した後は、いよいよ春哉は一人で、試飲会に臨むことになる。父親の交渉がうまくいって、『春乃音』の四合瓶を五十本も確保することができた。化粧箱や風呂敷とともに、代理店から『春乃音』が春哉のもとへ届いたのは、試飲会が開かれる三日前のことだった。

「Bonjour,Je m'appelle Haruya Tsukimura,enchanté.（こんにちは。私の名前は、月村春哉といいます。はじめまして）」

葡萄畑に建つ東屋の、六角形の木組みの屋根の下で、春哉は習ったばかりのフランス語を話した。たどたどしい挨拶を聞いていた葛城が、大学の先生よりも厳しい顔をして首を振る。

「Non（駄目）。もっと発音をなめらかに。試飲会を開くのは夜だから、『こんばんは』という意味の『Bonsoir』を使うのが正解だよ」

「『Bonsoir』……。フランス語の発音って難しいです」

「はきはき話す日本語とはまるで逆だからね。流れるように、緩やかに、ゆっくりと話そう」

「あっ、鼻声で話したらそれっぽく聞こえるかも。ボンゾワール。ジュ・マ・ベール、バルヤ・ヅギムラ。アンジャンデ」

試しに鼻声で発音してみると、単語が濁点だらけになる。春哉としては大真面目に取り組んでいるのに、テーブルの向こう側で葛城は噴き出した。

「ぷっ…。春哉くん、とりあえずそれはやめておこうか」

「笑ってる！　ひどい、俺一生懸命フランス語の練習してるのに」

「ごめん。君のその、どんなことにも前向きでがんばり屋さんなところは、とても素敵だと思うよ」

春哉をフォローしながら、堪え切れないように、ぷぷっ、とまた笑う。フランス語が堪能な葛城からすれば、簡単な挨拶で躓《つまず》いている春哉のことが、おもしろくてたまらないんだろう。

「試飲会に来てくれるお客さんにも、笑われたらどうしよう」

フランス語を習い始めて、もう数日経《た》つのに、春哉はいっこうに上手にならない。春哉が父親から任された『春乃音』の案内役は、いわば広報のような大事な役割だ。このままでは試飲会で恥をかいてしまいそうで、春哉はがっくりと肩を落とした。

「……やっぱり付け焼刃でフランス語を話せるようになるのは、無理なのかな……」

フランス語の辞書を貸してもらって、真っ先に調べたのは、『シャトー・ラ・リュヌ』の『リュヌ』という単語だった。『月村酒造』と同じ、日本語で『月』を表す単語だと分かって、春哉は不思議な偶然に驚いた。

「挨拶だけでもできるようになれば、相手から好印象を持たれるよ。試飲会当日は通訳の補助のスタッフをつけるし、英語を話すフランス人も多い。だから、何も心配いらない」

「英語なら、まあ、俺も少しは話せるけど。葛城さんの話すフランス語は、こっちの人みたいに上手ですね」

「中学生くらいの頃、三年間パリに住んだことがあって、その時に覚えたんだ。父親が外交官をしていたから、日本よりも海外生活の方が長いんだよ」

「え…、じゃあ、他の外国語も話せるんですか？」

「ああ。ヨーロッパを中心に五ヶ国語くらい」

「すごい――」

今まで知らなかったプライベートなことを、葛城が教えてくれる。春哉は好奇心を止めることができなくて、勉強をそっちのけで質問した。

「住んだことがある国の中で、どこが一番好きですか？」

「一番肌に合ったのは、やっぱりフランスかな。日本の大学を出た後、ソムリエとして働き始めた頃は、自分がボルドーでワイン造りをするとは思っていなかったけど」

「日本に帰ったりはしないんですか？」

「ここ何年かは、一度も帰っていないよ。葡萄畑もシャトーの運営も、人任せにはできないからね。……そのせいかな。同じ酒造りに携わっている君が、日本から旅行に来たと聞いて、懐かしくて、嬉しくなってしまったんだ」

葛城のまっすぐな眼差しが、葡萄畑の上に広がる空から、春哉の顔へと向けられた。綿雲が浮かぶ鮮やかなあの青い空は、遥《はる》か東の彼方《かなた》の日本へと繋がっている。日本からやって来た春哉に、彼は故郷を重ねているのかもしれなかった。日本から遠く離れた国で、責任のある仕事を続けていくのは、とても大変なことだろう。

「一人でフランスにいて、寂しくなったりしませんか。あ……、結婚とか、してたら、すみません」

くす、と小さな笑みを零《こぼ》して、葛城がテーブルの傍らにあった紅茶のポットを取る。二つのティーカップにダージリンを注ぎ分けながら、彼は答えた。

「生憎《あいにく》、まだ独身なんだ。君のご家族を見ていると、賑やかで楽しそうで、羨《うらや》ましくなるよ」

「そ、そうかなあ。賑やかっていうか、うるさいだけですよ。父親は職人気質《かたぎ》で頑固だし、母親は明るいけど、めちゃくちゃマイペースだし。祖父母や杜氏見習いの従兄弟《いとこ》も同居してるから、実家では俺だけ子供扱いされて、損してるって思います」

「君にはかわいい味方がいるじゃないか。由真さんと君は、とてもお似合いだね」

「ちょっ…、やめてください。子供の頃、俺がどれだけ由真ねえちゃんにいじめられたか。

今思い出してもトラウマですよ」

「あんなに仲がいいのに。——私は君と由真さんが、許嫁《いいなずけ》じゃないかと思っていた」

「許嫁……？　ないない！　絶対、ない！　俺たちはただの幼馴染ですっ」

「そうかな。何代も続く老舗《しにせ》の蔵元の家柄なら、生まれながらの許嫁がいても不思議じゃないよ」

「あり得ない。俺に万が一そんな相手がいたとしても、由真ねえちゃんだけは、絶対ないですからっ」

いくら蔵元の歴史が長くても、今時許嫁なんかいる訳がない。子供の頃から姉弟のようにして育った由真は、何でも分かり合える間柄だけれど、距離が近過ぎる。勝ち気で活発な三つ年上の幼馴染に、春哉は恋愛感情を一度も持ったことがなかった。

（由真ねえちゃんは、葛城さんみたいな大人のイケメンが好きなんだ。……あんなに分かりやすくアピールしてたのに、葛城さん、気付かなかったのかな）

葛城は思慮深そうな人だから、気付いていても、気付かないふりをしていたのかもしれない。

葛城へ目をハートマークにしていた由真は、ボルドーにずっといたいと言いながら、泣く泣く日本へ帰っていった。好きな人に対しては純情な幼馴染のために、葛城のことを、もう少し知りたい。

「葛城さんは、結婚はしてなくても、恋人はきっといますよね？　すごくモテそうだし」

「モテないよ。一日中、葡萄畑とオフィスを往復しているから、女性と出会う機会もない」

「嘘ばっかり。ホテルの中はフランス人のマダムでいっぱいだし、見学コースも大盛況じゃないですか」

「ふふ。君は目端が利くな。思った通りだ、君は経営者に向いているよ」

春哉の質問を、葛城はティーカップで顔を半分隠すようにして、はぐらかした。葛城のファンはきっとたくさんいるはずなのに、肩すかしを食らって、春哉はそれ以上深くは聞き出せなかった。

「――私がこのシャトーの経営者になって、もう五年くらい経つ。その間に、私の恋人は五十万くらいいたかな」

「えっ…？　ごじゅうまん⁉」

「一ヘクタールにつき五千株と考えて、百ヘクタールで五十万だ。私の畑の葡萄たちは、みんなかわいい恋人だよ」

「か、葛城さんっ。何ですかそれ、からかわないでくださいよっ」

たちの悪い冗談を真に受けたせいで、春哉の顔は真っ赤だった。一人だけ涼しい顔をして紅茶を飲んでいる葛城が小憎らしい。

「私は真面目な話をしただけなのに。愛情をもって大切に接していないと、葡萄たちが拗《す》ねてしまう。ほったらかしてもいけないし、構い過ぎてもいけない。まさに恋人そのものだろう？」

「もう…っ、冗談はいいですからっ。葛城さんまで俺のことを子供扱いして、ひどいです」

「そうじゃないよ、春哉くん。私は君を将来の経営者として、対等に話をしているんだ」

「対等――？」

ティーカップをソーサーに戻した葛城は、静かな光を湛《たた》えた瞳で頷いた。

立派なシャトーの経営者の彼と、まだ何者にもなれていない、学生の自分。けして対等ではないはずなのに、葛城は春哉と目線を同じにして、静かに語りかけた。

「君の蔵元で造る『春乃音』も、一級品の酒米があってこそだろう。葡萄も米も、自然の恵みを相手にする以上、細心の注意が必要だ。君は『春乃音』を守っていく立場の人だから、私が毎日葡萄畑に出掛ける意味も、よく分かるんじゃないかな」

「……はい。俺は小さい頃から、酒米農家の視察を欠かさない父親の姿を見てきました。おいしい酒を造るには、おいしい米が必要です。毎年悪天候や水不足と戦って、秋の収穫を迎えるまで、農家は本当に大変なんです。その苦労を知っているから、周りの人に半人前って言われても、俺も『月村酒造』の酒を大切に思っているんですよ」

春哉の酒造りへの情熱は、葡萄のことを恋人だと言った葛城と、何一つ変わらなかった。

地位や立場は全然違うのに、葛城は春哉を対等に扱ってくれる。春哉は嬉しくて、照れくさくて、赤い顔をくしゃくしゃにした。

（今まで、葛城さんみたいな人は、俺の周りにはいなかった。……どうしてかな。出会って間もないのに、この人といると、何でも話せる。葛城さんは俺のことを、大人の一員として見てくれる）

春哉は汗ばんできた頬を掌で拭って、葛城の方へ向き直った。

「この間、試飲会に出ることをみんなに反対された時、葛城さんだけが俺の味方をしてくれて、すごく嬉しかった。もしかして、あの時から葛城さんは、俺のことを対等だと思っていてくれたんですか？」

「いいや、もっと前から——君にワインが苦手だと言われた時に、強敵が現れたと思ったよ」

「強敵？　対等じゃなくて？」

「対等に渡り合いたい相手、という意味での強敵だ。ワインが苦手な君に、いつか私の『シャトー・ラ・リュヌ』を、おいしいと言ってもらいたい。君が『春乃音』を思う気持ちと同じくらい、私も自分のワインを愛しているからね」

「葛城さん」

自信たっぷりに言った彼が、何だかとても、大きく見えた。ワインを愛する彼の情熱に負けたくない。心臓をどきどきさせて、春哉が心の中で誓いを立てていると、長閑《のどか》な葡萄畑には似合わない電子音が鳴った。

「失礼」

葛城がスラックスのポケットから携帯電話を取り出して、そっと耳にあてる。仕事の用件だろうか。流れるように堪能な彼のフランス語を、意味も分からないくせに、春哉は聞き惚《ほ》れていた。

(俺も、葛城さんみたいに、上手に話せるようになりたいな。フランス語を習得しておけば、将来海外でビジネスをする時も絶対役に立つ)

試飲会が終わって、日本に帰ったら、大学のフランス語の講義を受けてみよう。春哉がそんなことを考えている間に、葛城は短い通話を終えた。

「――春哉くん、私の部屋まで少し散歩をしようか」

「散歩ですか? でもフランス語の練習は……」

「君に会わせたいお客様を呼んであるんだ。語学の習得には、会話をすることが一番有効だよ。一緒においで」

「あ…っ」

葛城に手を引かれて、春哉はベンチから立ち上がった。二人の他は誰もいない、東屋から続く小径を、葛城の背中を追いながら歩いていく。

彼のプライベートな住まいは、ホテルの宿泊者たちが泊まる棟とは離れた、別館にあった。ドアマンの立つ玄関の奥へ招かれると、葛城の小さな同居人が出迎えてくれる。

「わんっ」

「ただいま、アンヌ。お客様の春哉くんだよ。ご挨拶をおし」

きゅううん、と小首を傾げながら、茶色の円《つぶ》らな瞳で、アンヌは春哉を見上げた。すると、アンヌの勢いよくふりふりしていた黒い尻尾《しっぽ》が、春哉への警戒心を示すように、水平にゆっくり振る動作へ変わる。

「こんにちは、アンヌ。黒柴犬の女の子ですか？」

「ああ。友人の家で生まれた子でね、少し気難しいところがあって、貰《もら》い手に困っていたようだから、私が引き取らせてもらったんだ」

葛城が頭を撫でると、アンヌは安心したのか、彼に甘えてじゃれ始めた。その姿を見ているだけで、子供の頃から動物好きな春哉もほっこりする。

「アンヌ、俺とも友達になろう？　よろしくね」

春哉は床に片膝《かたひざ》をつくと、目線をアンヌと同じ高さにして、優しい声でそう言った。自分からは触らずに、アンヌの方から興味を持ってくれるのを待つ。しばらくすると、アンヌはおずおずと春哉に近寄ってきて、鼻先をジーンズの膝や脛《すね》にくっつけ、春哉に尻尾を振り立て始めた。

「よしよし」

春哉がそっと背中を撫でると、アンヌは気持ちよさそうに、くうん、と鼻を鳴らしている。

春哉にはそれが、催促のしるしに聞こえた。

「かわいいなあ。葛城さん、アンヌは俺のことを歓迎してくれたみたいです」

「……驚いたな。初対面の相手に、この子が自分から懐くのは、とても珍しいことだよ」

「本当ですか？　嬉しい。アンヌ、別館の中を案内してくれる？」

わんっ、とまた一鳴きして、アンヌは春哉を先導するように歩き出した。

貴族の持ち物だった歴史を色濃く残す、まるで建物そのものが美術館のような、ホテルの館内。その中でも大理石の彫刻を多く使った別館は、春哉を圧倒した。

「すごい――。ヨーロッパの古い建築物を、こんなに間近に見るのは初めてです。歴史の教科書に載ってそう」

「ここは他の棟のように改装しなかったから、建てられた当時のまま、何百年も同じ姿で残っているんだ」

「こんなに綺麗で広いところに住んだら、日本へ帰る気なくなっちゃうな」

「蔵元の君のご実家も広いだろう？」

「ここに比べたら全然。実家の俺の部屋なんて、屋根裏の四畳半だし。うわ…、声が反響するくらい天井が高い――」

思わず両手を挙げて、バレーボールをするように、届かない天井に向かってジャンプする。

我ながら子供っぽい真似《まね》をしていると、葛城がそばでくすくす笑った。

「もしよければ、帰国する日までここに泊まらないか？　景色のいいゲストルームが空いているよ」

「えっ、い、いいんですか？　こんなすごい別館に泊まらせてもらっても」

「ああ。ホテルの部屋からここへ、ポーターに君の荷物を運ぶように言っておくよ。夕食は私の手料理になるけど、かまわないかな」

「葛城さんの手料理……！　すごい、楽しみ。俺もお皿を並べるくらいならできます」

「それじゃあ、夕食のメニューはアンヌと三人で相談しよう」

「はいっ」

　春哉が頷くと、葛城も頷きを返して、通路の途中で足を止めた。豪奢《ごうしゃ》な絨毯《じゅうたん》を敷いた通路と繋がっている、ドアのない一室。躾《しつけ》が行き届いているのか、道案内をしてくれたアンヌはその場に佇《たたず》み、中へ入ろうとはしなかった。

　行儀のいいアンヌの頭を撫でてから、明るく広々とした部屋へと進む。ホテルのサロンと造りの似た、優雅なソファセットが並んだそこに、和服を着た年配の日本人女性が座っていた。

「Bonjour madame Yoshino.Vous allez bien?（こんにちは、芳野《よしの》さん。お元気でしたか？）」

「Bonjour monsieur Katsuragi. Je vais bien, merci.（こんにちは、葛城さん。ええ、ぴんぴんしてるわ）」

「…ボ…、Bonjour」

春哉は緊張しながら、遠慮がちに挨拶をした。葛城と同じように、上品な発音でフランス語を話していたその女性が、春哉ににこりと微笑みかけた。

「Bonjour mon poussin. Comment vous appelez-vous?（こんにちは、かわいらしいお坊ちゃん。あなたのお名前は？）」

「Je m'appelle Haruya Tsukimura.Ravi de vous rencontrer.（月村春哉です。はじめまして）」

「春哉くんね？　私は芳野といいます。習いたてのフランス語が初々《ういうい》しいこと」

女性が日本語を話してくれて、春哉はほっとした。祖母と同じくらいの年齢だろうか。フランスで和服を目にするとは思わなかったから、びっくりしてしまう。

「葛城さん、彼を見ていると、パリにいらしたばかりの頃のあなたを思い出すわね」

「芳野さんとは、日本大使館のパーティーで初めてお会いしましたね。懐かしい話です」

「すみません、俺のフランス語、すごくへたくそで」

「大丈夫よ、あなたも一年ここに住めば、葛城さんくらいに話せるようになるわ」

とてもそうは思えないけれど、春哉は曖昧に微笑んだ。

「春哉くん、この芳野さんは、当シャトーの試飲会の常連さんなんだ。ご主人がパリで事業を興していて、私よりもずっと前に、ご夫婦で日本からフランスへ移り住んだ方なんだよ」

「芳野さんも、ワインがお好きなんですか」

「ええ、ボルドー産は最高ね。その中でも特に『シャトー・ラ・リュヌ』のファンなの。葛城さん、お招きありがとう。今度の試飲会も楽しみにしていたのよ」

「ありがとうございます。遠いところをお越しいただいて恐縮です」

「いえいえ、夫公認の貴重なバカンスですもの。あなたにご連絡いただいたものを、今日は持って来たわ」

そう言うと、芳野はソファの傍らにあった風呂敷包みを手に取った。

「お若い方だと聞いていたから、明るい色味のものを選んだのだけど——」

風呂敷包みを広げると、中には帖紙《たとうがみ》に収められた和服が入っていた。それも男性が着る、夏用の麻の和服だ。

「涼しげですね。とても素敵じゃないですか」

「そう言っていただけると嬉しいわ。どうぞ遠慮なく着てやってくださいな」

淡い鶯《うぐいす》色《いろ》の長着を、芳野は春哉の上半身へと宛《あて》がった。訳が分からないうちに、服の上からそれを羽織らされて、春哉は面食らった。

「あ、あの…っ、これは、いったい」

「ああ、駄目よ春哉くん、背筋を伸ばして。顎《あご》を引いて、まっすぐ立っててちょうだい」

「は、はい」

「肩の位置はちょうどいいわね。袖もこのくらいの長さで大丈夫。丈は少し、詰めた方がいいみたい。明日には仕立て直しできるわよ、葛城さん」

「すみません。では、よろしくお願いいたします」

「お安い御用よ。Je m'en occupe!（任せておいて）」

どこからかソーイングセットを取り出して、芳野はてきぱきと、マチ針で着物の裾《すそ》を留め始めた。春哉は身動きもできないまま、困った顔で葛城に助けを求めた。

「――葛城さん、あの、説明してください。この着物はどういうことなんですか？」

「試飲会の時に、君に着てもらおうと思ってね」

「試飲会で？　俺が？」

「ああ。せっかく日本酒の宣伝をするんだ。服装も純和風にしてみたら、お客様により関心を持ってもらえるんじゃないかな」

「葛城さん……」

「おいしいお酒は、少しでもたくさんの人に飲んでもらいたい。君も同じ気持ちだろう？」

「はい。葛城さんは、『春乃音』のために、こんなことまで考えてくれたんですね」

驚きと嬉しさで、声が震えてしまう。それを隠すこともできないほど、感動している春哉の肩を、葛城は優しく叩いた。

「日本酒を世界のスタンダードにする、君のビジネスの第一歩だから、少しでも華を添えたかったんだ。驚かせてすまなかったね」

「いいえ、俺、嬉しくて、何て言ったらいいか……っ」

胸がどきどきして、言葉がうまく出てこない。春哉が思う以上に、葛城は『春乃音』のことも、春哉の将来の夢のことも、大切に考えていてくれた。

葛城の大きな手は、いっそう優しく、温かくなって、春哉の肩に触れている。葛城に守られているような、不思議な気持ちが湧いてきて、春哉はお礼を言うだけで精一杯だった。

「ありがとうございます、葛城さん、芳野さん」

「春哉くん、芳野さんは和装に詳しいから、内緒で相談に乗っていただいたんだよ」

「葛城さんに、今回の試飲会は日本酒がいただけると聞いて、嬉しくて協力させてもらったの。和服はフランスでも人気があるのよ。あなた、凜《りん》としていてとても似合うわ」

「そんな……、ありがとうございます。この着物、試飲会でお借りしてもいいですか」

「ええ、お役に立ててちょうだい。羽織や草履も試着してもらわなくちゃ。葛城さん、鏡のあるお部屋へ案内してくださる？」

「喜んで。こちらへどうぞ」

先を歩く葛城と芳野に、春哉も泣き出しそうになりながらついていく。羽織ったままの長着の裾が、ひらひらと春哉の後ろへたなびいて、まるで翼のようなシルエットを通路の壁に映していた。

4

ボルドーの港に吹く潮風に、秋の訪れる気配が混じった、八月の終わり頃。『シャトー・ラ・リュヌ』を擁するホテルのメインダイニングでは、恒例のワインの試飲会が開かれていた。

メドック地区のシャトー関係者をはじめ、遠くパリやニースなどから足を運んだワイン愛好家や、小売業者や流通業者など、たくさんの招待客で賑わっている。今夜振る舞われているのは、『シャトー・ラ・リュヌ』のヴィンテージと、貴腐ワイン『リーニェ・ブラン』、そして特別ゲストの純米大吟醸、『春乃音』だ。

場内の視線を一身に集めているのは、タブリエという革製の丈の長いエプロンを着けた、オーナー兼ソムリエの葛城だった。彼の周りにはドレスアップしたマダムやマドモアゼルの人垣ができている。いつもと変わらない穏やかな笑顔で、堂々と接客をしている彼。遠くにいても、春哉の目は無意識に葛城へと吸い寄せられてしまう。

(試飲会の間は、話しかけられそうにないな)

ふと、心細い気持ちが湧いてきそうになるのを、春哉はぶるぶるっと頭を振って打ち消した。今夜は『月村酒造』を代表してここにいる。自分の仕事を思い出して、春哉は大きく息を吸い込んだ。

「Bienvenue!（いらっしゃいませ、ようこそお越しくださいました）」

メインダイニングのあちこちから、招待客を迎えるスタッフの声が聞こえる。それに後押しをされるようにして、春哉も挨拶をした。

「Bonsoir. Je suis ravi de faire votre connaissance.（こんばんは、お会いできて嬉しいです）。『春乃音』という名前の日本のお酒です。どうぞお試しください」

場内の一角に設けた、数台のテーブルを並べたスペースで、春哉は緊張しながら招待客へと声をかけた。ワイングラスを手に歩いていた人たちが、『春乃音』のラベルを見て、興味深そうに立ち止まってくれる。

「日本酒の試飲なんて、珍しいね。それはどんなお酒なんだい？」

「シャンパンに似た風味が特徴の、自信作です。お一つどうぞ」

「――うん、とてもいい香りだ。味はフルーティで、君のそのキモノのように爽やかだね」

「あ、ありがとうございます！」

通訳のスタッフに助けられながら、『春乃音』の案内役を務めた春哉は、慣れない和服姿で頬を赤らめた。羽織から草履まで、和装一式を貸してくれた芳野が、着付けも手伝ってくれたのだ。

混雑した場内でも、この格好はよく目立っていて、記念写真を頼まれたりもする。和服と日本酒という分かりやすいイメージがウケて、『春乃音』のテーブルの前にはいつしか人だかりができていた。

「飲みやすいお酒だわ。日本酒は米が原料だと聞いたけど、本当なの？」

「はい。この『春乃音』は酒米に適した品種を、１００％単一原料で使っています。食品添加物などの余計な混ぜ物は一切ありません」

「なるほど、雑味のないさっぱりした味わいはそのせいか。初めて飲んでみたけど、とてもおいしいよ」

「ありがとうございますっ。本日は『春乃音』に合う白身魚のオードブルを用意しています。こちらもどうぞ召し上がってください」

ボルドーで水揚げされた魚をつまみに、日本酒を飲むという、非日常の時間を招待客たちは楽しんでいる。

アウェーの雰囲気を覚悟していたのに、それは杞憂《きゆう》に終わりそうだ。『春乃音』はワイン通の人たちにも好評で、試飲のボトルが次々空いていく。初めての試飲会を、接客で忙しく立ち回りながら、春哉は確かな手応えを感じていた。

（すごい、こんなにたくさんの人が、『春乃音』をおいしいって言ってくれてる。今よりももっと、フランスで売れるんじゃないかな）

父親がいれば、この場で直接商談ができるのに、案内役しかできない自分がもどかしい。でも、試飲をしてくれた人から温かい感想を聞けるのは、とてもありがたかった。

「あっ、和服の人がいる。小千谷縮《おぢやちぢみ》に夏羽織か。ざっくりした麻が粋だねー」

とことこっ、と歩み寄ってきた一人の客が、春哉のことを上から下まで眺めてそう言った。日本語を話す、春哉よりは和服の知識がありそうな人だ。

「ここは日本酒のコーナーなんですか？」

「はい。新潟の蔵元、『月村酒造』の『春乃音』の試飲をやってます。お客様も日本の方ですよね？」

「うん。ワインを飲みに来て日本酒に会えるとは思わなかった。何だか嬉しいなあ。いただきます」

フランス語が飛び交う空間にいると、日本人の招待客に会っただけでほっとする。春哉と同い年くらいのその客は、よっぽど日本酒が嬉しかったのか、一口でグラスを飲み干した。

「よかったらおかわりをどうぞ」

「ありがとう。これめちゃくちゃおいしいね。ミラノでも売ってないかな」

「ミラノって、イタリアの？　そんなに遠くからいらっしゃったんですか？」

「うーん、ミラノ在住だけど、たまたまパリに遊びに来てて。ここのワインを買ってる市場《マルシェ》の酒屋さんに、試飲会の招待状をもらったんだ」

「何か、かっこいいですね。ミラノからパリって」

「そう？　飛行機なら東京から福岡までと同じくらいの距離だよ。ボルドーには初めて連れて来てもらったけど、そこらじゅう葡萄畑だらけだね」

「お連れ様もご一緒ですか」

「うん。さっきまで一緒に見て回ってたのに、どこ行ったんだろ。——あ、いた」

場内を見渡したその客の視線の先を、春哉も追った。すると、豪奢なシャンデリアが照らす人垣の向こうで、葛城と日本人の男性客が談笑している。

「葛城さん」

「紀藤《きとう》さん、こっち！」

春哉と話していた客が手を振ると、談笑していた二人は、揃ってこちらへ歩いてきた。フランス人に負けないほど長身で、モデル並みのルックスをした二人のことを、周りの女性客がうっとりした眼差しで見つめている。

「名生《なお》。はぐれたと思ったら、一人でいいものを飲んでるな」

「だろー？『春乃音』っていうんだって。ミラノで手に入らないか聞いてたんだ」

「独り占めする気なのか？　こちらの葛城オーナーからも、とてもおいしい日本酒だと薦めてもらったよ」

「ありがとうございます。ミラノではまだ販売していないんですけど、パリならお買い求めいただけます。取扱店を載せたチラシを差し上げますね」

「やった、ありがと！　絶対に買いに行くよ」

「さっき『シャトー・ラ・リュヌ』の三十年ものを注文したばかりなのに、君は仕方のない子だな」

長身の彼が、くしゃくしゃと客の髪を撫でている。少しも嫌がらずに、嬉しそうにしている客の姿が微笑ましかった。

二人は試飲会を楽しんだ後、港の近くのホテルに宿泊するらしい。帰り際、お土産に化粧箱入りの『春乃音』をプレゼントすると、とても喜んでくれた。

「春哉くん、新しい顧客に出会えてよかったな」

二人をメインダイニングの出入り口で見送ってから、葛城は春哉をねぎらった。ぽん、と叩かれた羽織の背中が温かい。

「はい。ボルドーで日本の人に会えると、嬉しいですね。世界は酒で繋がってるんだ」

「海でも空でもないところが、君らしいね」

えへへ、と笑って、春哉は面映《おもは》ゆい気持ちをごまかした。

フランス語は不慣れでも、この会場にいる人たちとは酒で理解し合えそうだ。その証拠に、五十本あった『春乃音』はもうほとんど残っていなかった。

「お客様の出入りも落ち着いたようだし、少し休憩をしておいで。立ちっ放しで疲れただろう」

「大丈夫です。閉会までがんばれます」

「声が嗄《か》れているよ。会場の外にドリンクのカウンターがあるから、喉を潤すといい」

「あ……」

試飲会が始まってから、息つく暇もなく接客していたせいで、喉がからからだ。忙しい間は何も感じなかったのに、自覚した途端にドリンクが欲しくなる。

「春哉くん、『春乃音』のテーブルは私とスタッフで見ておくから、行っておいで」

「すみません。じゃあ、ちょっとだけ休んできますね」

葛城の厚意に甘えて、春哉は一度メインダイニングの外に出た。ロビーには足休めのソファが並べられていて、招待客たちがグラスを片手に語らっている。

春哉はカウンターでノンアルコールのカクテルをもらい、人気《ひとけ》のないロビーの隅で、ほっと息をついた。

「こんなに盛況だと思わなかった。父さんたちがいたら、絶対喜んだのに。『月村酒造』のみんなで参加したかったな」

肩の力を抜くと、自然に春哉の口から本音が零れ出した。一人で『春乃音』を宣伝するために、普段の数倍使った喉が、カクテルの炭酸に刺激されてひりひりしている。

グラスの縁に飾ってあるオレンジを、食事代わりに齧《かじ》っていると、春哉のもとへ一人の招待客が近寄ってきた。

「――失礼。先程『春乃音』を試飲させてもらった者です。少し話をしてもかまわないかな」

「あ…、はい。承りますす」

ぴかぴかに磨かれた革靴を履いた、スーツ姿の紳士に、春哉は慌てて礼をした。相手が英語を話してくれたから、通訳のスタッフがいなくても、何とか自力で会話ができる。一つだけ残念だったのは、『春乃音』を試飲してくれた人が多過ぎて、春哉はその紳士の顔を覚えていなかった。

「あの日本酒は素晴らしいね。今日は『シャトー・ラ・リュヌ』のヴィンテージを目当てに来たんだが、すっかり『春乃音』の虜《とりこ》になってしまったよ」

春哉の右手を徐《おもむろ》に取って、紳士は握手をしてきた。拳がすっぽり入るくらいの大きな掌に、ぐいぐい握り締められて痛い。でも、『春乃音』を褒めてくれた客に失礼なことはできなくて、春哉は微笑んだ。

「ありがとうございます。気に入っていただけて、とても嬉しいです」

すると、握手をしたまま、今度はもう片方の手で肩を抱き寄せられた。紳士と距離が縮まって、呼気に混じったアルコールの香りが強くなる。だいぶ飲んでいるのか、白人の紳士の頬は赤かった。

「控えめな返事だね。『春乃音』もいいが、君のその佇まいも素敵だ。ストイックな日本人ならではの、素晴らしい酒と美しい服だね」

社交に慣れた、外国人特有のスキンシップなんだろうか。過剰な褒め言葉が耳に障って、くすぐったい。内心戸惑っている春哉に、紳士は青い瞳を近付けてきて、声をひそめた。

「あの味のクオリティならワインにけして負けないよ。フランスでも十分ファンを獲得できるだろう」

「ほ——本当ですか？」

「ああ。私は酒類の御売業者《ネゴシアン》をしていてね、世界中の名酒を顧客へ紹介しているんだ。『春乃音』をぜひ、私の会社で取り扱わせてもらえないだろうか」

「え……っ」

突然齎《もたら》された、降って湧いたような申し出に、春哉は驚いた。試飲会がすぐにビジネスに繋がるなんて、思ってもみなかった。こんな幸運は二度とないかもしれない。

「私の顧客には、パリの三ツ星レストランや、一流ホテル、高名なコレクターたちが名を連ねている。けして損なビジネスはさせないよ」

肩を抱いていた紳士の手が、ぎゅ、と羽織の生地に埋もれていく。春哉は興奮を隠せずに、瞳を輝かせて彼を見上げた。

「あ、あの…っ、自分も『春乃音』をもっと多くの方に飲んでもらいたいと思っているんです。フランスで販路を拡大できれば、とてもありがたいです」

「では、早速具体的な商談に入ろうか。私の部屋で詳しく話そう」

握手だけを解き、紳士はロビーの奥のエレベーターホールへと歩き出した。肩を抱かれていた春哉は、はっとして、草履の足を踏ん張った。

「申し訳ありません、商談はここではできないんです。当社の社長とお話をしていただかないと」

「そんな悠長なことでは、『春乃音』を他のネゴシアンに横取りされてしまう。私は君と話がしたいんだ」

「え、えっと、自分は試飲会の案内役です。大事な商談の権限はありません。すみません」

「いいから来なさい。みすみすチャンスを逃すことになるよ」

「でも……っ」

春哉が躊躇《ためら》っていると、彼はまるで連行でもするように、羽織を強く掴んだ。

何かがおかしい。普通商談相手に、こんな強引なことをするだろうか。春哉の意思を無視して、彼は静まり返った誰もいない通路を、どんどん進んでいく。

「待ってください。社長にすぐに連絡を取りますから、手を離してください」

「黙って。君さえいれば商談は成り立つ」

「そんなの、おかしいです。あの……っ、本当に『春乃音』を取り扱っていただけるんですか？」

「全ては君の態度次第だよ」

「えっ？　それ、どういう――」

言葉を言い終わらないうちに、どんっ、と体を押されて、春哉は通路の壁にぶつかった。痛みと衝撃で、一瞬頭の中が真っ白になる。

「な、何…っ？　え……？」

「おとなしくしていなさい。部屋まで待ってやるつもりだったのに、急《せ》かしてくれるじゃないか」

長いスーツの腕が、乱暴に春哉の体を壁へと縫い止める。咄嗟《とっさ》に逃げようとした足の間に、スラックスの膝が割って入ってきて、春哉は身動きができなくなった。

「細い体だ。会場でずっと君に目を付けていたんだよ。ああ、もう抑えられない」

「いったい何のつもりですか。離して、やめてくださ……っ」

「鈍い子だな。それとも、わざと煽っているのか？　かわいいね」

ワインの香りのする息が、はあはあ、と至近距離から頬にかかる。まるで興奮しているような、乱れた息遣いだ。春哉は背筋をぞっとさせて、紳士だと思っていた彼を見返した。

「お、俺に何をする気なんです！」

「ビジネスだよ、君。黒髪に黒い目がとてもそそる。今夜一晩、君を買おう。少年のような君の体を、ベッドでたっぷりかわいがってあげるよ」

「へ…っ、変なこと言わないでください！　もう、離してくれ……！」

春哉はパニックを起こしそうだった。男を相手に、この人はいったい何を言っているんだろう。

「活《い》きがいいな。日本人はもっとおとなしいと思ったが、これは楽しみだ」

「酔ってるんですか。俺は男ですよ。気持ち悪いこと言うな！」

「生意気な物言いは許してやろう。さあ、一緒に来なさい。君が私を楽しませてくれるなら、いい顧客を紹介してやる」

「な…っ、何ですか、それ……っ」

「『春乃音』をフランスで売りたいなら、逆らわない方がいい。私はこれでも顔が広い方でね。フランス中のホテルやレストランから、あの酒を締め出されたくないだろう？」

あまりに理不尽な言い方をされて、春哉は言葉を失くした。この人がもし有力者だとしても、弱い立場の人間を好きに扱おうとするなんて、ただの卑怯者だ。

これはビジネスなんかじゃない。春哉が夢見ているまっとうなビジネスとは、全くかけ離れた、汚い取り引きに過ぎなかった。

「どいてください。俺の大事な『春乃音』を、あなたみたいな人に売ってほしくない。この話はなかったことにしてください」

「そんな偉そうなことが言える立場かね。私のものになれば悪いようにはしないよ」

「嫌だって言ってるんです。人を呼びますよ」

「人に見られて恥ずかしい思いをするのは、君の方だ」

ぐいっ、と髪を掴まれて、春哉は無理矢理上を向かされた。痛みに喘《あえ》いだ唇に、薄笑いを浮かべた男の唇が重ねられる。ねっとりとした感覚に総毛立ちながら、春哉は呼吸を塞《ふさ》がれて、きつく瞼《まぶた》を閉じた。

「んう……っ！　ん――！」

ひどい嫌悪感が春哉の体じゅうを駆け抜けた。肉厚な唇が、春哉の唇を力尽くで抉《こ》じ開けようとしている。喰《く》いしばった歯列にねじ込まれていく、生温《なまぬる》い舌。ワインの匂いのする息が春哉の口腔をいっぱいにして、嫌悪感は吐き気へと変わった。

（くそ……っ、――最低）

力にねじ伏せられて、このまま抗《あらが》うこともできずに屈服させられるのか。『春乃音』を売り込みたいあまりに、相手の意図も読み取れないで、うまい話に飛び付きそうになった自分が情けない。

（嫌だ。いや）

気持ちが悪い。ぐちゃぐちゃと口の中を掻《か》き回されて、息ができない。――怖い。暴力でしかない行為が、春哉を恐慌に追い込んで、闇雲に暴れさせた。

「んぐ……っ、や――やめろ…っ！　嫌だ……っ」

興奮し切った手に顎を掴まれ、捕食される獲物のように、また唇を奪われそうになる。壁に縫い止められたまま、恐怖と怒りで青褪《あおざ》めた春哉を、誰かが呼んだ。

「春哉くん！」

空気を裂くような、清冽《せいれつ》なその声とともに、春哉の自由を奪っていた男の体が吹き飛ばされた。

一瞬何が起こったのか分からなかった。黒いシャツの背中が、春哉を守る楯《たて》になって目の前に立ちはだかっている。その向こうで、男は頬を手で押さえて、通路の床を転げ回っていた。

「大丈夫か」

「……葛城、さん……、どうして」

「君が戻ってこないから、探しに来たんだ。——すまない。君を一人にするべきではなかった」

葛城の右手が、固く握り締められたまま、ぶるぶると震えている。彼は怒っていた。いつも穏やかに微笑んでいて、優しい彼が、春哉が見たこともない激しい感情を爆発させて、男の胸倉を摑み上げた。

「身分証を見せなさい。試飲会の招待客か。ゲストといえど、無礼な振る舞いは許さない」

「ふ、ふん……、少しかまってやっただけじゃないか。おおげさに騒ぐなよ」

「あなたのしていたことは、自分勝手に人を踏み躙《にじ》る行為だ。彼に謝りなさい」

「そいつに誘われたんだ。好きにさせてやる代わりに、自分の酒を売ってくれって。かわいい顔をして、そいつはなかなか商売上手だぞ」

「なっ…っ！　俺はそんなこと」

「ふざけるな！　彼はビジネスのために、自分を貶《おとし》めたりしない！」

春哉が反論するよりも早く、葛城はそう怒鳴りつけた。憤怒を隠さない彼の迫力に、男はたじろぎ、狼狽《うろた》えている。

「…く、くそ…っ、私にそんな態度を取って、後悔するなよ。日本人が経営するシャトーなんか、その気になればこっちはいつでも潰せるんだ」

「あなたが何者だろうと、過ちは糺《ただ》す。彼を侮辱したことを謝罪しろ」

「――いい気になるな。ボルドーの余所者《よそもの》め」

悔し紛れの男の言葉に、葛城は眉《まゆ》をしかめた。

異変に気付いたスタッフが、ロビーから何人か駆け付けてくる。葛城は男を締め上げていた手を離して、冷静に言い放った。

「身分証を確かめてから、丁重にお帰り願え。今後一切、当シャトーへの立ち入りをお断りいたします」

スタッフたちに拘束されて、エレベーターに押し込まれた男は、そのまま階下へと連行されていった。やっと解放された安堵《あんど》で、春哉の体から力が抜けていく。膝から崩れ落ちそうになった春哉を、葛城の腕が受け止めた。

「しっかりするんだ。座って休めるところへ行こう」

「すみません――、葛城さん、すみません」

何に謝っているのか、自分でもよく分からない。

静けさの戻った通路から、葛城は春哉を目立たないドアの奥へと促して、ホテルのスタッフしか使わないバックヤードへと案内した。

「温かいものを持ってこよう。ここにいて」

近くにあった長椅子に春哉を座らせ、葛城はどこかへ行こうとした。春哉は無意識に右手を伸ばして、彼のタブリエを掴んだ。

「何も、いりません」

「春哉くん――」

一人になりたくない。春哉の思いを感じ取ってくれたのか、葛城はそっと春哉の足元に膝をついた。

「助けてくれて、ありがとうございました。あの、俺…っ」

「落ち着いて。もう大丈夫だよ。あの男は二度と君に近付けさせないから」

「あの人は、酒の御売業者をやってるって、言ってました。『春乃音』をフランスで売りたかったら、逆らうなって、脅されて。抵抗したら、俺のことを――」

嫌悪感が蘇《よみがえ》ってきて、春哉はぶるっ、と体を震わせた。唇にも口の中にも、乱暴された感触がまだ残っている。生々しいワインの香りも消えてくれない。

（米の香りは、全然しなかった。あの人は多分、『春乃音』を飲んでない）

今になってそのことに気付いて、春哉は愕然《がくぜん》とした。試飲もせずに、彼はビジネスを装って春哉に近付いてきた。彼の目的は最初から、立場の弱い相手を脅して欲望を満たすことだったのだ。

「俺は、全然分かってなかった。ビジネスができるって、浮かれた俺がバカだったんだ」

「春哉くん、君は何も悪くない。自分を責めるのはやめなさい」

「俺がもっと毅然《きぜん》としていれば、あんなことをされずに済んだ。俺がいけないんです」

震えのひかない唇を、春哉は手の甲で擦った。何度そうしても、ワインの香りが鼻について仕方ない。男の悪意と綯《な》い交《ま》ぜになって、体の奥深くまで侵してくるそれを、春哉は怒りで忘れようとした。

「あの人は、葛城さんにまで暴言を吐きました！　腹いせみたいに、ボルドーの余所者って。葛城さんは立派なシャトーのオーナーなのに、許せない…っ！」

「春哉くん」

優しい呼び声が、憤った春哉の耳を覆い尽くした。視界を遮った広い胸に、あっという間に包み込まれて、息を呑む。

「私のことは、考えなくていい」

「……え……」

「余所者なんて、フランスに来た時から言われ慣れている。ボルドーの人たちは、日本人の私を受け入れて、このシャトーのオーナーにしてくれた。ワインで築いた関係を知らない男が、どんな暴言を吐いても、私は傷付かない」

「葛城さん」

「傷付けられたのは君の方だ。君を守ってやれなくて、すまなかった」

春哉を抱き締めた葛城の手が、乱れた髪を撫でて、羽織の背中を摩《さす》ってくれた。もう大丈夫だ、安心していいと、彼の温《ぬく》もりが訴えている。

必死で我慢していた何かが、春哉の中で、脆《もろ》いガラスのように壊れた。両目の奥が熱くなるのを止められない。ひくっ、と喉が喘いだと同時に、春哉の視界が白くぼやけた。

「こわ、かった」

泣きたくないのに、涙が溢《あふ》れてくる。抗ってもやめてもらえずに、キスをされた。あの男は、キスよりもっとひどいことをするつもりだった。春哉は葛城の体にしがみ付いて、誰よりも温かな胸に、泣き顔を埋《うず》めた。

「怖かった――。あの人は、俺を襲おうとしたんだ」

「春哉くん。私がそばにいるよ。君のことを、もう誰にも傷付けさせない」

「葛城さん、葛城さん……っ」

彼のシャツを、ぎゅうっ、と握り締めて、春哉は泣いた。

葛城が助けてくれなかったら、あの男の部屋に連れて行かれて、今頃何をされていたか分からない。好きでもない人に指一本触られたくない。

「思い切り泣いていいから。ここには私たちしかいない。さっきのことは、忘れてしまおう」

「……すみません。男のくせに、こんなことで俺――弱気になって」

「違う。本当の弱虫は向こうだ。君は私のことを気遣ってくれた、強くて優しい人だよ」

「葛城さん、ありがとう。ありがと……」

髪を撫でていた葛城の手が、スラックスのポケットからハンカチを取り出して、涙を拭ってくれる。シルクの布地越しに、彼は春哉の汚された唇にも触れてきた。

「俺は、やっぱり、ワインを好きにはなれません」

あの男の、ワイン臭い息遣いを思い出すたび、きっと今日のことを思い出すだろう。浅はかだった自分への後悔とともに、この先ずっと、消せない嫌悪感に苦しむだろう。

すると、葛城ははらりとハンカチを放って、春哉の唇の前に、長い人差し指を立てた。

「結論を出すのはまだ早い。ソムリエの私に、『シャトー・ラ・リュヌ』をサーヴさせてから、答えを聞かせて」

「葛城さん」

「君が本当にワインを好きになれないかどうかは、それまでお預けだ」

葛城の指先が、ほんの一瞬、春哉の唇に触れた。羽根でくすぐられたような感触が、悪辣《あくらつ》な男のキスを上書きしていく。

不思議だった。葛城が触れただけで、唇が洗い流された気がした。春哉を苦しめていた嫌悪感が剝《は》がれ落ち、跡形もなくキスの名残が消えていく。

（……葛城さんが……、全部、消してくれた……）

離れていく葛城の指先を見つめながら、春哉は今までのどんな時よりも、心臓が跳ねるのを感じた。ただ嬉しかったからか、彼に感謝したからか、理由は分からない。どきん、どきん、と左胸の奥から聞こえる音は、春哉が泣き止《や》んでからも、少しも小さくならなかった。

5

葡萄畑を潤す水路の一部を、小川のように引き込んだ別館の庭先は、葛城の所有するホテルの中でも指折りの景観を誇っている。窓から水のせせらぎが聞こえる書斎は、日々忙しく暮らしている葛城のプライベートな居室であり、同時に憩いの場だ。

試飲会が終わってからの数日間、春哉は書斎のデスクを借りて、イベントの後の処理に追われていた。試飲用の『春乃音』を確保してくれた代理店へのお礼や、先に日本へ帰国した父親への報告、業者からもらった名刺の整理など、やることはたくさんある。でも、忙しければ忙しいほど、余計なことを思い出さずに済むから、ありがたかった。

『春乃音』の取り引きを楯に、招待客に襲われそうになったことは、父親には言えない。たとえ打ち明けても余計な心配をかけるだけだし、自力で危険を回避できなかったことが情けない。何より、『春乃音』の名前にも傷が付いてしまいそうで、春哉は口を噤《つぐ》むしかなかった。

（くそっ。もう二度とあんな悔しい思いをするのは嫌だ。もっとしっかりしなくちゃ。俺は『春乃音』を世界で売っていくんだから）

将来の大きな夢の前には、きっとこれからたくさんの困難が待っているだろう。人に見下されたり、貶められたりしないように、強く賢い人間にならなくてはいけない。そのためには、フランス語を習得しておくのも立派な武器だった。

デスクの傍らには、フランス語会話のテキストや、春哉の現在の語学力でも読める本が、何冊も積まれている。試飲会が終わっても勉強を続けていることを、書斎を貸してくれた葛城は喜んでいた。

（葛城さんは、とても尊敬できる、俺の手本みたいな人だ）

父親以外に、背中を追いたくなるような人に出会ったのは、彼が初めてだった。シャトーを経営するビジネスマンで、人気者のソムリエというだけじゃない。春哉を危機から救ってくれた時の、悪意や理不尽を絶対に許さなかった彼の態度。穏やかで優雅な彼とは違う、勇ましく、雄々しい一面を見せ付けられて、春哉は胸がどきどきした。

（……変なのかな、俺。男の人に憧《あこが》れて、もう何日も、胸が落ち着かない）

葛城の腕の中で、涙を止められなかった春哉は、まるきり子供だった。髪を撫でて元気づけてくれた大きな手も、君を守ると言ってくれた優しい声も、何もかも鮮明に残っていて、春哉の頭から離れない。

（葛城さんといると、楽しくて、苦しい。どきどきするのに、もっとそばにいたくなる）

試飲会が終わったら日本へ帰る予定だったのに、春哉は荷物も詰めずに、まだボルドーに留まっている。大嫌いなはずのワインの里で、葛城と一緒に毎日葡萄畑に出て、日を追うごとに熟れていく実を見守っているのは、何故だろう。

傍らの携帯電話に視線を移すと、セミヨンの畑で撮った、葛城と由真との三人の待ち受け画像が表示されている。ボルドーにゆったりと流れていた時間は、八月から九月へ進み、いつしか葡萄の収穫期へと入っていた。

「――わうっ、わんっ」

書斎のドアの向こうから、犬の鳴き声が聞こえてきて、春哉ははっとした。葛城の愛犬アンヌの声だ。午前中から葡萄畑に出掛ける約束をしていたから、春哉のことを呼びに来てくれたのだろう。今日は『シャトー・ラ・リュヌ』の広大な畑の半分を占める、赤葡萄カベルネ・ソーヴィニヨンの収穫体験をするのだ。

「アンヌ。ちょっと待って」

ドアを開けてやると、女の子にしては少し精悍《せいかん》な顔をしているアンヌが、黒い尻尾を振りながら春哉の足元に駆け寄ってきた。春哉にかわいらしく甘えてくるこの犬が、本当は気難しい性格だなんて、信じられない。アンヌは春哉のジーンズの裾を噛《か》むと、くいくい、と引っ張った。

「どうしたの？　アンヌ。散歩に行きたいのか？」

足を動かした春哉の前に回って、アンヌはまるで、おいで、とでも言っているように小さく鳴く。春哉は書斎のドアを閉めて、歩き出したアンヌの後を追った。

葛城が暮らしているこの別館は、二階に主寝室やゲストルームが並び、立派な三本の大理石の階段でそれぞれ一階へと繋がっている。書斎に近い東側の階段を下りると、日本人には馴染み深い、いい匂いがふわりと漂ってきた。

「ご飯の匂いだ……」

一時間ほど前に、トーストとベーコンエッグの朝食を摂《と》ったばかりなのに、春哉のお腹《なか》が騒ぐ。アンヌもそうなのか、キッチンへ向かっている小さな足がスピードを増した。

この別館のキッチンには、ホテルの厨房のようにシェフやパティシエはいない。ボルドーにもう三週間近く滞在している春哉のために、革のタブリエを普通のエプロンに替えた葛城が、一日に一度は手料理を振る舞ってくれる。

「わんっ」

「──アンヌ、お帰り。姿が見えないと思ったら、どこへ行っていたんだい？」

調理台でせっせと作業していた葛城のもとへ、アンヌが尻尾を振りながら駆けていく。炊き立てのご飯の白い湯気の向こうから、キッチンを覗いている春哉に気付いた葛城が、にこりと笑いかけた。

「春哉くん」

葛城に名前を呼ばれただけで、とくん、と心臓が跳ねるのはどうしてだろう。試飲会のあの事件以来、ずっと鼓動が速い。春哉はかっと体が熱くなるのを感じながら、ぎこちない笑みを作った。

「いい匂いですね。もう昼食の支度ですか？」

「ああ。今日は忙しいから、葡萄畑でお昼にしようと思ってね、お弁当を作ってるんだ」

葛城の前には、熱々のご飯を入れたボウルと、梅干し、明太子、ほぐした焼き鮭、ごま油で炒めた高菜漬けなど、およそフランスらしくない具材が並んでいる。彼は手を真っ赤にして、二人分のおにぎりを作っていたのだ。

「葛城さん――。遠慮しないで呼んでくださいよ。俺も手伝います」

春哉は慌ててシャツの袖を捲《まく》って、手を洗った。調理台に並んで立つ二人のことを、足元からアンヌが興味津々に見上げている。

手作りのお弁当を持って出掛けるなんて、遠足かピクニックのようだ。そんな暢気《のんき》な考えを、春哉はこの後の収穫体験で、激しく後悔することになった。


普段は静かな葡萄畑に、今日は人がたくさん溢れている。シャトーの近隣の住人や、ボルドーの大学に通っている学生、フランス各地から集まってきた人々が、背中や肩にカゴを担ぎ、『葡萄収穫作業者《ヴァンダンジェール》』という名で働いているのだ。

よく熟れた葡萄の房を一つ一つ手作業で摘み、カゴがいっぱいになったら、ポーターと呼ばれる運び屋が畑の各所に停まっている集積車に持って行く。集積車は畑と醸造所を何度も往復して、ワインの仕込みを担う職人たちへと葡萄を運ぶ。

一見単調で、牧歌的な収穫の風景。でも、背丈の低い木に生った葡萄を、中腰や前屈みの姿勢で摘み取っていく作業は、思った以上に重労働だった。

「はあ…っ、はあ、腰が——つらい。絶対全身筋肉痛になる」

収穫体験どころじゃない、本気の労働をすることになるなんて。春哉は滝のように頬を流れる汗を拭って、腰をとんとん叩きながら、川風が吹き上げる空を仰いだ。

葛城は休みながらでいいと言ってくれたけれど、彼を含めて他の人たちが真面目に働いているのに、自分一人がサボる訳にはいかない。今日中に畑の一区画を収穫し終わらなければならないそうで、手を休める人は誰もいなかった。

「九月から十月にかけて、ボルドー全域が収穫期に入る。今日摘み取りをする畑は、私が所有する畑の中で最も日当たりがよくて、葡萄の成熟が早いんだ。その年の葡萄の出来を占う、とても重要な畑なんだよ」

今年は天候が比較的安定していたらしく、当たり年になるかもしれないと、葛城は期待している。でも、本格的な収穫期直前の今の時期に、大量の雨が降ると、葡萄の品質が極端に悪くなってしまうらしい。

「雨の他に、もっと怖いのは雹《ひょう》だ。雹は葡萄の実を完全に駄目にして、葉や幹にまでダメージを与えてしまう。何年か前に畑の半分を雹でやられたことがあって、悔しくてね。どんなに努力をしても、人間は自然には勝てないんだと痛感したよ」

葛城からその話を聞いて、春哉はまるで自分のことのように背中が寒くなった。

ボルドーの収穫時期は、新潟の酒米の収穫時期とちょうど重なる。農家が春先から育ててきた米が、夏の冷害や台風の被害に遭《あ》うのを、子供の頃から見てきた。

だから、宝物のように大事に葡萄を摘み取る葛城の気持ちが、よく分かる。春哉も彼に倣《なら》って、一つの実も零さないように、丁寧に摘んでカゴに入れた。

正午になると、働き者のヴァンダンジェールのみんなに、葛城から食事とワインが振る舞われた。ワインは飲み放題で、これを楽しみに遠方から働きに来る人もいるそうだ。

相変わらずワインが苦手な春哉は、搾りたての葡萄ジュースをもらって、柔らかな草地をクッション代わりにしてお弁当を広げた。

「お腹空《す》いた……っ、いただきます！」

「どうぞ召し上がれ。私もいただきます」

ヴァンダンジェールたちにワインを注いで戻ってきた葛城が、ラップに包んだおにぎりを手に取る。春哉が作った、独創的な形をしたおにぎりだ。

「――何か、すみません。変なものを食べさせちゃって」

おにぎりを見つめて、一瞬動きを止めた葛城に、春哉は申し訳ない顔を向けた。春哉の手には、葛城が作った芸術的三角形のおにぎりがある。明太子のしょっぱさと海苔《のり》の風味が、空きっ腹には最高のごちそうだ。

「君の作ったおにぎりはサービス満点だね。鮭がご飯からはみ出すほど大きい。強めの塩加減も、汗をかいた体にはちょうどいいな」

「無理してフォローしなくていいですから」

「何故《なぜ》？　とてもおいしいよ。シェフと自分以外の人が作ったものを食べるのは久しぶりだ」

そう言って、葛城は前衛的物体のおにぎりを頬張った。実家暮らしの春哉は、普段キッチンに立つことも、料理をすることもない。葛城の館のキッチンは広く、調理器具も多くて、仕事で忙しい彼一人では、とうてい手に余るはずだ。

（その割りには、鍋もオーブンも使い込まれてる感じだった。葛城さんに料理を作ってあげてる人が、本当はいるのかも……）

前に、女の子にモテないと葛城が言ったのは、きっと当たり障りのない嘘だろう。彼のことを深く知るたび、魅力的な人だと思う。試飲会の時も、男女問わず彼の周りには人垣ができて、春哉は気後れしたものだ。

そんな葛城が、春哉の作ったへたくそなおにぎりを、おいしいと言って食べてくれる。もし春哉が女の子だったら、感激してそれだけで葛城のことを好きになるだろう。出会ったのはたった何週間か前のことなのに、彼のそばにいると、とても安心できて、満たされた気持ちになれる。

（家族とか、友達とかと、葛城さんは違うんだ。どう違うのかは、うまく説明できないけど）

家族の顔を見ても、普通はどきどきしたりしない。

どんなに仲がいい友達でも、何週間も一緒にいたら、きっと他の友達に会いたくなる。

春哉の心臓をどきどきさせて、もっと一緒にいたいと思わせる葛城は、いったい何なのだろう。

「春哉くん」

「は……、はい」

「ぼうっとしているけど、おいしくなかった？　明太子は苦手だったかな」

葛城が、心配そうに春哉のおにぎりを見つめている。物思いに耽《ふけ》っていた春哉は、我に返ってぶんぶん首を振った。

「い、いいえっ。大好きです。フランスでも明太子って手に入るんですね」

「和服を貸してくれた芳野さんにいただいたんだよ。日本に里帰りされたお土産だ」

「芳野さん、お礼のカードもう届いたかな――」

和服の似合う日本人マダムのことを思い浮かべながら、春哉は食べかけのおにぎりに齧り付いた。次のおにぎりを物色していると、鮮やかな赤紫色をした漬物が目に留まる。

「葛城さん、これは？」

「赤カブだよ。ピクルスのように酸味を利かせてあるから、試してみて」

「この匂い、また赤ワインだ！」

「もうばれたか。君にワインに慣れてもらうために、あの手この手を考えているんだよ」

ふふ、と不敵に微笑んだ葛城に、春哉はどんな顔を返していいか分からなかった。

今朝の朝食に、無花果《いちじく》のワインジャムが出たばかりだ。他にも、アイスクリームのワインソースがけ、ジビエのワイン煮込み、ワインたっぷりのハヤシライスと、一日に一度は食卓にワインを使った料理やデザートが並ぶ。葛城は本気で、春哉のワイン嫌いを攻略しにかかっていた。

（漬物にまでワインを使わなくていいのに。でも、葛城さんの手料理は、おいしいから困るんだよなあ）

お弁当箱の隅の、赤カブの漬物を一つ摘まんで、口に入れてみる。ピクルスのような爽やかな酸味。アクセントのレーズンの甘さがワインの渋味を和らげていて、ついもう一つ食べたくなった。

「アルコールが完全に抜けてる。歯応えがいいです、これ。ぱりぱりしてて」

「気に入ったら全部食べていいからね。冷蔵庫にストックはたくさんある」

「酒の肴にもなりそう。日本酒より、やっぱりワインの方が合うのかな。前に飲んだ貴腐ワインはどうだろ」

「今夜にでも試してみるかい？　君のために『シャトー・ラ・リュヌ』と飲み比べをしてみ

ようか」

葛城の瞳が、彼にしては珍しく、挑むような強い光を放っている。葛城のおかげで、ワインへの苦手意識は、少しずつ和らいでいた。でも、春哉の意地っ張りな性格が、簡単に彼の誘いに乗ることを拒否している。

「俺は、ワインはもういいです」

蔵元の跡取り息子として、日本酒に頭のてっぺんまで染まっている春哉だ。日本酒至上主義と言っていいほど、一つの価値観を大切にして育ってきた人間が、別の価値観を受け入れるのは難しい。

もし——もし、葛城の『シャトー・ラ・リュヌ』を飲んで、ワインを好きになってしまったら、自分が自分でなくなる気がする。

「葛城さんは、自分が造ったワインを飲ませて、俺に自慢したいだけなんだろ？　だから、俺に手料理を作ってくれたり、優しくしてくれたりするんだ」

誘いを断るつもりで、春哉は葛城を牽制《けんせい》した。今はワインを飲みたくない。頑《かたく》ななその気持ちが、春哉の口調を冷たくさせる。

でも、葛城はふわりと笑って、葡萄畑を渡る風よりも柔らかく、春哉の肩に触れてきた。

「何だか緊張しているね」

「俺は、別に——」

「力を抜いて。のんびりボルドーの空でも見よう」

「え？」

春哉が瞬きをしたと同時に、とん、と葛城は肩を押した。春哉の体が後ろへ傾いで、草の上に仰向《あおむ》けに倒れる。ぐるりと回った視界に戸惑っているうちに、春哉の隣に葛城も寝転んだ。

「いい気持ちだ。このまま君と昼寝がしたいな」

「葛城さん」

「空が高い。秋だね」

すっ、と彼が指を差した先に、刷毛《はけ》で撫でたような薄い雲と、青い空と、群れて飛ぶ鳥の姿がある。日本の秋と変わらない光景に、春哉は短い息を吐き出して、無意識に強張《こわば》っていた体を弛緩させた。

「――すみません。さっき俺、葛城さんに嫌な言い方をしました」

いいや、と答えて、葛城が寝返りを打つ。横向きになった彼の顔が、思いのほか近くにきて、春哉はどきんとした。

「悪戯《いたずら》が過ぎたのは、私の方だよ。君と過ごしていると楽しくて、大人げないことをしてしまう」

「楽しい……？」

「最初はワインをただ嫌っていた君が、ボルドーに滞在して、だんだん興味を持つようになってくれた。試飲会の時の君は、たくさんのお客様の前で、『春乃音』を広めようとがんばっていたね。君の姿は、ボルドーの人たちに認められたくて、必死になっていた以前の私と同じだったよ」

　試飲会で春哉を襲った男に、葛城は『余所者』と罵《ののし》られた。投資目的ではなく、実際にボルドーに住んで、葡萄畑の世話にまで携わる日本人オーナーは、そういないらしい。

　歴史の長いワインの産地で、ソムリエだった彼がシャトーのオーナーとして認められるまで、障害や壁があったことは春哉にも想像できた。

「俺なんかより、葛城さんの方が、ずっと大変だったはずです。試飲会に一度出ただけの俺とは違います」

「私はそうは思わないな」

　そっと葛城の指先が伸びてきて、春哉の髪に挟まっていた、葡萄の枯草を取った。黄色く色付いた葉の向こうから、彼の声が響いている。

「――父がパリの日本大使館に赴任した年に、十四歳だった私は、初めてボルドーを訪れた。広大な葡萄畑と、ワインに携わる人々の熱意を知って、自分も仲間になりたいと思った。最初にソムリエを目指したきっかけは、そんな些細《ささい》なことだったんだ」

　思い出を語る葛城は、遠く過ぎ去った時間を追い駆けるように、瞳を細めている。彼のことをじっと見つめていたから、風が攫っていった葡萄の葉の行方《ゆくえ》を、春哉は追わなかった。

「ワインのことを何も知らない子供の私に、『シャトー・ラ・リュヌ』の前のオーナーは、畑を散歩しながら教えてくれた。『ワインは土と水、太陽と葡萄、そして人でできている』。葡萄の部分を米に換えたら、日本酒になるだろう？」

「あ……っ。本当だ」

「私は君と初めて会った時から、何だか他人のような気がしない。日本酒とワインのように、君は私にとって、とても近い存在なんだ。君が今日摘んでくれた葡萄は、きっとどんな当り年よりもおいしいワインになる。断言できるよ」

風で乱れた春哉の前髪を、葛城は優しく梳《す》いた。面映ゆいような、照れくさいような、よく分からない感情が春哉を包んでいく。

（また、どきどきしてきた）

こんなに間近にいたら、心臓の音を葛城に聞かれてしまうかもしれない。シャツの胸元を、右手でぎゅっと握り締めて、春哉は黙り込んだ。

鼓動を隠していた沈黙を、不意に、携帯電話の呼び出し音が邪魔する。小さな溜息をつきながら、葛城は作業着のポケットから電話を取り出した。

「――私だ。何か？」

仕事の用件の時は、彼の話すフランス語が少し早口になる。難しい単語に追い付かなくなった春哉は、起き上がって空《から》になったお弁当箱を片付けた。

午前中に奪われた体力を取り戻す、二時間ほどのゆったりした昼休憩が終わり、畑の方ではヴァンダンジェールたちが収穫作業に戻り始めている。春哉は、んん、と一度背伸びをして、自分もその中に加わろうと葡萄のカゴを持ち上げた。

「春哉くん、オフィスの方へ戻らなければならなくなった。君も一緒に帰ろう」

通話を終えた葛城が、電話をポケットに戻しながら春哉を呼んでいる。今日収穫する予定の畑は、まだ半分ほど摘み取っていない葡萄が残っていた。

「俺はこっちで収穫を手伝います。人手は多い方がいいみたいだし」

「それは助かるけど、慣れない作業で疲れただろう。いいのか？」

「はい。葛城さんはオーナーの仕事に戻ってください」

春哉が首元でネクタイを締めるジェスチャーをすると、葛城は笑って頷いた。

「ありがとう。じゃあ、また後で」

「行ってらっしゃい」

畑の小径の途中で葛城と別れて、春哉は規則正しく葡萄の木が並ぶ、細い畦《あぜ》へと入って行った。

午前中と全く同じ作業を、ハサミを片手に黙々と続ける。背中に大きな容器を担いだポーターが、畦という畦をこまめに回って、ヴァンダンジェールたちが摘んだ葡萄を集めては集積車へと運んだ。

「ハルヤ、精が出るね。Nous allons mettre le paquet.（私たちは全力を尽くすぞ）」

「Oui! Mettons le paquet!（はい、がんばりましょう！）」

葛城に聞いた話では、葡萄の収穫は、今日から毎日二週間ほど続くらしい。実の熟れ具合によって、一日ごとに作業する畑が決まっている。今日のうちに受け持ちの区画を収穫し終わらないと、翌日からの作業に支障が出てしまうのだ。

カゴからポーターの容器へ葡萄を移していると、遠いどこかから、鈍い音が聞こえてきた。馬が土の上を駆けるような、ドドドド、という低い響き。――遠雷だ。

「Merde!（まずいぞ）これは、嵐になるかもしれない」

頭の遥か上を睨んで、ポーターは憎々しげにスラングを呟いた。ついさっきまで青かった空の向こうに、灰色の重たそうな雲が広がっている。いつの間にか、葡萄畑を吹き抜ける風に冷気が混じり始めていた。

「くそっ、収穫はまだまだこれからだっていうのに……っ。ハルヤ、雨が降り出す前に、摘めるだけ葡萄を摘んで、集積車へ積み込んでくれ。俺はみんなのところを回ってくる！」

言葉の半分以上は理解できなくても、ポーターがひどく急いでいることは伝わってきた。畑を駆けて行く彼を見送ってから、空になったカゴに、春哉はまた葡萄を詰めた。

ドドドド、ゴゴゴゴ、雷の音がだんだん近く、大きくなって、十分も経たないうちに辺りが暗くなっていく。ハサミを操っていた手を止めて、畑をぐるりと見渡してみると、撤収を始めているヴァンダンジェールたちがたくさんいた。

「俺も、もう帰った方がいいのかな……」

灰色の雲で埋まった空を見て、春哉は嫌な胸騒ぎを覚えた。晴れていた天気が急激に悪くなると、春哉の父親は、必ず酒米農家を回って注意を促していた。びゅうっ、と突風が葡萄の木を揺らし、雲を穿《うが》つような稲妻が走って、春哉の胸騒ぎを現実にする。

「雹だ！」

突然、空から氷の粒が降ってくる。稲光とともに、春哉の視界は一瞬で真っ白に染まった。物凄《ものすご》い轟音《ごうおん》を立てて、葡萄畑に雹の嵐が襲いかかった。

「今日の作業は中止だ！　撤収！」

「みんな急げ！　醸造所へ避難しろ！」

ヴァンダンジェールたちが叫ぶ、雷と雹の音に紛れたフランス語は、春哉の耳には届かなかった。最初は小さかった氷の粒が、だんだんゴルフボールの大きさになり、春哉の体へと容赦なく打ち付ける。痣《あざ》ができそうなひどい痛みに耐えながら、春哉は上着を脱いで、カゴを覆った。

（せっかく摘んだ葡萄が、雹にやられてしまう）

葡萄を守りながら、春哉は嵐の中を駆けた。まるで雪が降ったように、融《と》けない雹が畦を埋め尽くしている。畑じゅうから沸き起こる、バキッ、ザシュッ、という音に気付いて、春哉は戦慄《せんりつ》した。

葡萄の葉が、春哉の目の前で穴だらけにされていく。雹は茂った葉を貫き、その下に実った葡萄の房を、残酷に破裂させた。葛城が大切に育てた葡萄が、瞬く間に朽ちて、春哉の足元に無残な姿を曝してる。

「嘘だろ…？　こんなの、ひどいよ――」

このまま雹が降り続けたら、葛城の葡萄が全滅してしまう。春哉はハサミを握り締めて、胸の奥の何かに衝《つ》き動かされるまま、畑の畦を駆け戻った。

(今ならまだ、無事な葡萄がある。少しでも多く摘むんだ！)

葛城の葡萄を守りたい一心だった。矢のように降ってくる雹を、シャツ一枚の背中に受けながら、春哉は懸命にハサミを動かした。

ごうごう、台風並みの風が春哉の行く手を阻み、葡萄の葉と実を千切れさせる。既《すで》に畑には、春哉しかいなくなっていた。残り少ない無傷な葡萄を、たった一人で摘んで回りながら、春哉はカゴをいっぱいにした。

「もう、無理……っ！」

空から地上へ向かい、真っ白な稲妻が垂直落下する。爆裂したような雷の音とともに、葡萄畑が震えた。ここにいたら命が危ない。摘み切れなかった葡萄に思いを残しながら、重たいカゴを両手で抱き締めて、春哉は駆け出した。

「はあっ、はあっ……！　どこか、屋根のあるところに、入らなきゃ」

葡萄の木も畦もめちゃくちゃになった畑と、雹に閉ざされた最悪の視界の中で、春哉は目を凝らした。小さな丘を一つ越えた先に、東屋の屋根が見える。春哉はカゴの重みに足をもつれさせるようにして、そこを目指した。

丘の中腹まで来ると、今度は雹に混じって、叩き付けるような雨が降ってくる。突風の勢いは増し、ずぶ濡れの春哉の体温を奪っていった。カゴを抱えた両手がかじかんでいることを、気にする余裕もない。夢中で丘を越え、東屋に駆け込んだ時には、春哉は凍《こご》え切って一歩も動けなくなっていた。

「葡萄――、葛城さんの葡萄は、大丈夫……？」

東屋の床に膝をついて、カゴを覆っていた上着をめくる。でも、春哉はカゴの中を確かめることができずに、力尽きた。

――寒い。濡れたシャツとジーンズが、体に隙間《すきま》なく張り付いて、まるで氷に抱かれているような感覚だった。がたがたと震えながら、春哉はカゴの縁に蒼白《そうはく》の顔を伏せた。

嵐の音が、次第に耳から遠ざかっていく。寒さで意識が朦朧《もうろう》として、春哉はもう何も考えられなくなっていた。体を温めることも忘れて、壁のない吹き曝しの東屋で一人、蹲った。

「――くん。春哉くん」

遠く、風が逆巻《さかま》く葡萄畑の向こうで、誰かの声が聞こえた気がする。途切れそうな意識とは反対に、春哉の名前を呼ぶ声は大きくなって、東屋へと近付いてきた。

「春哉くん！　どこにいるんだ！　返事をしてくれ、春哉くん——春哉！」

返事をする力は、春哉にはなかった。閉じかけていた瞼をどうにか開けて、声のした方を見る。昼休憩の時に見た、嵐になる前の空のような青いレインコートが、東屋の前で強風に翻った。

「ここか……っ、春哉くん！」

雨の滴《したた》るフードを押し上げて、葛城が駆け込んでくる。ぐったりとカゴに預けていた春哉の体が、強い力に揺さぶられて、葛城の胸へと抱き寄せられた。

「春哉くん！　私だ！　聞こえるか？　しっかりしなさい、春哉！」

嵐を撥《は》ね除《の》けるような大きな声で、葛城が春哉を呼んでいる。頬を叩かれ、背中を摩られて、春哉はようやく答えた。

「かつらぎさん……」

「体じゅうが冷たい。動かないで」

葛城はレインコートの下の、濡れていない上着を脱ぐと、春哉のシャツを剝ぎ取って、冷え切った体に上着を着せ掛けた。服に残っていた葛城の体温が、肌へと浸透して春哉を温めてくれる。でも、すぐに寒さに打ち消されて、全身の震えは止まらなかった。

「近くまで集積車のトラックが来ているから。もう少しだけ嵐が収まったら、君をすぐに私の館まで運ぶ」

「はい――」

「こんなにずぶ濡れになるまで、いったい何をしていたんだ。雹の降る畑に、たった一人で残るなんて……！　君だけ戻ってこなくて、みんな心配していたんだぞ」

「……すみません。急に天気が悪くなって。葡萄を早く摘まなくちゃって、思って」

「無茶なことをするな！　君が落雷に遭っていないかと、探している間じゅう気が気じゃなかった」

「葛城さん」

「君の身に何かあったら、私はどうすればいいか分からない。頼むから、危険なことは二度としないでくれ！」

春哉を両腕で掻き抱いて、凍えた髪に頰を埋めながら、葛城は叫んだ。泣いているのかと思うほど、彼の声音は乱れている。嵐の中、葡萄畑を駆け回って探してくれたんだと分かる、彼の激しい鼓動。心臓が壊れそうなそのリズムに、自分の鼓動を重ねて、春哉は言った。

「葡萄を、守りたかったんです。葛城さんが大事に育てた葡萄だから」

「……春哉くん……」

ボルドーに来る前は、気に留めたこともなかった。葛城に出会って、彼のワインへの情熱を知った。他の人が育てた葡萄なら、きっと見て見ぬふりをして逃げていただろう。迷わず畑に残ったのは、葛城の葡萄だけが、春哉にとって特別だったからだ。

「目の前で、畑が雹にやられていくの、つらかった。葡萄が全滅したら、どうしようって。でも、これだけしか守れませんでした」

傍らのカゴを見つめた春哉の視線を、葛城も追い駆ける。ずっと春哉の上着を被《かぶ》せていた葡萄は、摘んだ時の状態のまま、傷一つついていない。それとは対照的に、春哉の両手や頬には、雹が掠《かす》めていった痣がいくつも残っていた。

「葛城さん、ごめんなさい。畑には、まだたくさん葡萄が残っていたのに。ごめんなさい」

「春哉くん。君は、こんなに冷たい体に、痣まで作って、私の葡萄を守ってくれたのか」

「ごめんなさい」

「謝らないでくれ。何て人だ、君という人は――――!」

葛城の両腕が、いっそう強い力で春哉を抱き締める。息が苦しいのに、ずっとこのまま、彼の温もりに包まれていたいと春哉は思った。

(この人がそばにいてくれたら、俺は、何があっても、平気なんだ)

試飲会の日に襲われそうになった時も、葛城はこうして抱き締めてくれた。あの時と同じ安堵が、春哉の意識を奪って、瞼を重たくしていく。

「春哉くん? 大丈夫か、春哉!」

がくがくと揺さぶられても、頰を叩かれても、急激に落ちていく体力を、春哉はどうすることもできなかった。

「葛城、さん」

葛城の温もりに包まれているはずなのに、寒くてたまらない。春哉の唇は青紫色に染まり、痙攣《けいれん》のような小刻みな震えを繰り返している。

「……寒い……、寒いよ……っ」

は、と息を吞む気配がして、春哉の頰に触れていた葛城の手が止まる。雪山で眠りに落ちていくような、意識を手放す寸前に、春哉の体を熱い衝撃が駆け抜けた。

凍えた唇に重ねられた、柔らかなもう一つの唇。確かな熱を持ったそれが、春哉の吐息を奪い、失いかけていた意識を繋ぎ止めた。

(キス、して、る)

どうして。何故。疑問符はいくつも湧いてくるのに、頭が追い付かない。びくっ、と本能的に戦慄《わなな》いた春哉の唇を、葛城が宥めるように食《は》む。

「ん……っ」

ゆっくりと唇の角度を変え、呼吸を取り戻させながら、葛城はキスを繰り返した。ちゅ、ちゅく、と奏でられる水音が、耳元に溢れているのに、春哉は抗うことを忘れて、されるがままになっていた。

（葛城さんと、こうしてると、あったかい）

キスから直《じか》に注ぎ込まれる熱が、春哉の体の奥深くを温めていく。血の気《け》の戻った唇は、赤く鮮やかな色になって、葛城の唇と一つに溶けた。

「……ん……、う、……んん……っ」

いけないと思うのに、もっと温かくなりたくてキスを解けない。驚きや、恥ずかしさよりも、葛城の熱を欲しがる衝動の方が強かった。

（もっと、キス、したい）

葛城の体に、おずおずと両腕を回して、残っている全部の力で抱き締める。キスの角度が深くなったかと思うと、春哉の唇を、濡れた熱の塊《かたまり》が割り開いた。

「……んく……っ」

口腔に潜り込んできた舌が、瞬く間に春哉の舌を搦《から》め捕って、生き物のように吸い上げる。春哉を凍えさせていた寒さを根こそぎ奪い、代わりに熱を擦り込むために、葛城は激しく舌を動かした。春哉は息も絶え絶えになりながら、自分の舌を戦慄かせ、葛城が与えてくれる熱を受け取った。

「ん……っ、は、あ…っ、……ん…っ……う」

もう雨の音は聞こえない。風の音も、雷鳴も。キスに温められて、命を吹き返した春哉の唇から、甘やかな声が漏れ出している。とめどないそれは、時間を忘れて互いを貪《むさぼ》った後、葛城がキスを解くまで続いた。

「は…っ、はふ、……あぁ……」

「——春哉くん。もう、寒くないか」

「はい……」

「だいぶ空が明るくなってきた。あと少しだけ、このままじっとしていて」

キスの名残のように、すり、と葛城が頬を寄せてくる。夢中で重ねていた唇が離れた途端、東屋を吹き抜けた風を感じて、春哉は現実に引き戻された。

「葛城さん、どうして。どうして、俺に、キスしたの」

「凍えている君を、他に助ける方法がなかった。君が元気になってから、いくらでも殴っていいから、今は許してくれ」

「殴る——？」

「嫌なことを思い出しただろう。私がしたことは、試飲会の時の無礼な男がしたことと変わらない」

「違います…っ。葛城さんは、あの人とは全然違う」

悔いるように、唇を噛み締めた葛城へと、春哉は首を振った。

試飲会で男に襲われ、キスをされた時、春哉は嫌悪感しか抱かなかった。葛城のキスが、あの暴力を打ち消してくれた。本当のキスは嫌なものじゃない、温かいものだと、彼は春哉に教えてくれたのだ。

「葛城さんが、温めてくれたの、嬉しかった。最初はびっくりしたけど——、もっとしてほしいって、思いました」

「春哉くん」

「どうしてなのか、分かりません。葛城さんとキスをするのは、嫌じゃなかった」

今もまだ、キスの余韻から醒《さ》めない春哉の唇が、じんじんと痺《しび》れている。でも、彼と触れていないと、また凍えてしまうかもしれない。

「葛城さん……」

臆病に震えた唇が、無意識に彼の名前を呼んでいる。理由も分からないまま、キスの続きがしたいと、春哉は儚《はかな》い願いを抱いた。すると、葛城の大きな手が、赤く上気していた春哉の頬を包んだ。

「君は、とてもいじらしい人だ。ワインが嫌いなのに、私の葡萄を守ろうとしてくれた。君を見ていると、私はいとおしくてたまらなくなる」

親指の腹で唇を撫でられて、キスの余韻はもう、余韻ではなくなった。二度目のキスの序章へと、春哉を導く指先が、唇を半開きにさせる。

「——君を助ける方法なんて、単なる言い訳なんだ。私はただ、君のここに触れたかった」

「葛城さん、俺も、触れてほしい。寒くないように、もっと」

「春哉くん」

「呼び捨てで、いいです。だから……っ」

「私は君のことを、誰よりも大事に想っている。好きだよ、春哉」

囁きのような告白が、春哉の胸を深く貫く。

葛城の気持ちを冷静には受け止められない。彼のことをどう思っているのか、自分の気持ちを確かめる余裕もない。どくん、どくん、と暴れ出した春哉の鼓動が、心よりも先に、キスを待ち切れないと本能で訴えていた。

吐息まで乱した唇に、二度目のキスが降ってくる。一度目よりも熱く、激しいキスに、春哉は頭を真っ白にして溺《おぼ》れていった。

6

ぱたぱた、ぱたぱた。顔の近くで、何かがしきりに動いている。風とは言えない、小さな空気のそよぎを頬に感じて、春哉《はるや》は目を覚ました。

「ん――」

「わふ？」

ベッドの隣で、うつ伏せに寝そべっていた黒柴犬が、春哉の方へくるりと顔を向ける。まだ半分閉じている瞼《まぶた》を、爪を立てない優しい前足で触られて、春哉は微笑《ほほえ》んだ。

「……アンヌ……。おはよう」

躾《しつけ》をよくされているアンヌは、ゲストルームの中には入って来ない。おかしいな、と思って、瞬《まばた》きをした春哉は、室内の光景が昨日までと違うことにやっと気付いた。

（葛城《かつらぎ》さんの部屋だ。昨日――葡萄畑《ぶどうばたけ》の東屋《あずまや》を出てから、ここに運んでもらったのか）

雹《ひょう》が降った昨日の嵐が嘘《うそ》のように、レースのカーテン越しの窓の向こうには、明るい陽射《ひざ》しが溢《あふ》れている。昨日、葛城に抱き上げられて東屋を出た後のことを、春哉はおぼろげにしか覚えていなかった。

（確か、お風呂に入れてもらって、医者の診察を受けてる間に、眠ったんだ。低体温症だと言ってたっけ。まだ少し、体が重たい）

ゆっくりとしか動かせない手で、アンヌの背中を撫《な》でていると、腕に鈍い痛みを感じる。これはきっと筋肉痛だ。慣れないハサミを何時間も握って、葡萄でいっぱいのカゴを抱えていたから、握力もあまりなくなっていた。

「ごめん。今日はアンヌのこと抱っこできないよ」

呟《つぶや》きに応えるように、アンヌが春哉の顔へと鼻先を近付けてくる。無邪気なおはようのキスをされて、春哉は、はっとアンヌを撫でていた手を止めた。

（……俺は、葛城さんと……キスしたんだ）

ぺろっ、と舐《な》められた唇に、昨日の葛城の熱が蘇《よみがえ》ってくる。雹と雨に打たれて凍《こご》えていた春哉を、キスで温めてくれた彼。寝具に埋もれている春哉の体が、かっと熱くなって、訳もなく赤面してしまう。

（あんなすごいキス、初めてだった。体じゅうが溶けていくみたいな。全部、夢だったんじゃ、ないよな）

夢だと思い込むには、葛城と交わしたキスはリアル過ぎた。ますます顔を赤くする春哉のことを、くうん、と鼻を鳴らしたアンヌが、心配そうに覗《のぞ》き込んだ。

「――アンヌ。ベッドから下りなさい。彼を起こしてはいけないよ」

ドアが開く音とともに、葛城の声が聞こえてくる。春哉は、どきん、と心臓を跳ねさせて、思わず瞼を閉じた。

「わう、わんっ」

アンヌが寝具の上から、春哉の胸元をぽふぽふ叩いて、寝たふりしているよ、とご主人様に教えている。かわいい裏切りに遭《あ》った春哉は、ばつの悪い思いをしながら、もう一度瞼を開けた。

「おはよう、ございます」

「春哉……。おはよう」

呼び捨ての名前が、二人の間の明らかな変化を示している。そう呼んでくれと、自分からねだったことを思い出して、春哉は寝具の端をきゅっと握り締めた。

「アンヌ、彼のことを独り占めしないでくれ。食事をしておいで」

ベッドの足元に下ろされたアンヌは、ご主人様の命令におとなしく従った。小さな後ろ姿が、たたたっ、とキッチンへ駆けていく。葛城と二人になると、急に寝室の空気が緊張してきた。

「気分は悪くないかい？　昨日往診してくれた医師は、風邪の症状が出るかもしれないと言っていたが」

「い、いえ、どこも悪くないです。筋肉痛が、少しだけ」

「本当にそれだけか？」

くす、と微笑んで、葛城はベッドのすぐそばへと歩み寄った。寝乱れていた春哉の前髪を掻《か》き上げ、裸のおでこに、こつりと自分のおでこをくっつける。

（う、わ。近い――）

キスと同じ距離から、葛城が春哉を見つめている。彼の息遣いと、瞬きの音に、春哉の鼓動は乱されっ放しだった。

「うん、熱はないね。無理はいけないから、今日は一日、ここでゆっくりしておいで」

「でも、あの…、葛城さんのベッドなのに、俺が使ったら、迷惑じゃ」

「君がよければ、いつまででも使ってくれてかまわないよ」

そう囁《ささや》いた葛城の唇が、春哉のおでこに、ちゅ、とキスを降らせる。昨日の激しさとは違う、その触れ方は優しくて、春哉は恥ずかしくてたまらなかった。

「か、葛城さん……っ」

「嫌だった？」

「うっ――、い、嫌とは、違うけど、その」

昨日まで春哉くんと呼んでいた人に、当たり前のように甘いキスをされるのは、照れる。でも、嫌ではないから、春哉は余計に照れた。

「耳の先まで真っ赤にして。私と同じだね」

「からかわないでください。俺はこういうのに慣れてないけど、葛城さんは」

葛城の耳を見て、春哉は一瞬、言葉を失《な》くした。彼が言った通り、耳の先の方まで赤くなっている。

「葛城さん……」

「君の目が覚めて、昨日のことを全部忘れていたら、どうしようかと思った」

は、と葛城が吐《つ》いた短い溜息《ためいき》は、安堵《あんど》のしるしだったのかもしれない。自分と同じように、彼も平静ではなかったことに気付いて、春哉の鼓動は少しだけおとなしくなった。

「全部、ちゃんと、覚えてる。忘れようと思っても、昨日のことは忘れられないです」

寒さで朦朧《もうろう》とした意識の中で、葛城の唇だけが熱かった。キスで温めてくれた彼は、春哉のことを好きだと言ってくれた。

少しも視線を逸《そ》らそうとしない、葛城の澄んだ瞳を見上げて、春哉は確信した。昨日の彼の告白は、嵐が見せた幻じゃない。

「春哉。私は自分の気持ちを、君に押し付けるつもりはない。君は私のことを拒んでいいし、怖かったら、怖いと言っていいんだ」

「葛城さんのことを、怖いとか、思いません——」

「昨日の君は正気ではなかった。私は凍えて震えている君につけ込んだ、悪い男だよ」

葛城はそう言って、春哉の右手を取った。軽く拳《こぶし》を握らせて、彼はそれを、自分の頬《ほお》へ向かって持ち上げた。

「君は私を罰していい。昨日のことを忘れたいなら、殴ってくれ」

「えっ……」

「そうしてくれれば、私はシャトーのオーナーとして、ゲストの君を丁重におもてなしする。二度と無礼な真似《まね》はしない」

自分の心の中を明かしておいて、春哉に逃げ道をくれようとする葛城は、大人の男に違いなかった。

今葛城を拒めば、キスをする前の自分たちに戻ることができる。選択肢を握っているのは、春哉の方だ。

「——さあ」

ぎゅ、と春哉は拳を握り直した。端整な葛城の頬から、彼の静かな緊張が伝わってきた。

「本気で殴ったら、痛いですよ」

「かまわない。思い切りどうぞ、春哉くん」

ずるい。くん付けで呼ばれると、急に彼との距離が遠くなった気がする。ずるい。葛城は大人で、紳士で、本当にずるい。

(殴られるって、全然思ってないんだ、この人は)

春哉の方も、殴る気はなかったから、始末に負えない。

葛城の意のままに翻弄されてしまったことが悔しくて、春哉は拳を解くと、彼の頬をむぎゅっと抓《つね》った。

「こ、これで勘弁してあげます」

「痛いけれど、判断の難しい罰だね」

「罰なんかじゃないですから。昨日のことは、俺にも半分、責任があるし」

「責任か――。君はかっこいい男だな」

「葛城さんだって、男じゃないですか。同じ男なのに、葛城さんは、お…っ、俺のどこがいいんですか」

「全部だよ。君の全てが、私には魅力的に見える」

「答えになってない」

照れたのが半分、もどかしいのが半分で、春哉は声を上擦《うわず》らせた。むぎゅぎゅ、といっそう強く頬を抓っても、葛城は怒らない。自分のしていることが、とても子供っぽい気がして、春哉は指を離した。

「あ――。痕《あと》が残っちゃった。すみません」

春哉が謝ると、赤い痕がついた頬を、葛城が嬉《うれ》しそうに綻《ほころ》ばせた。

「私が好きなのは、君のそういうところだよ。春哉」

「え…？」

「君は素直でまっすぐな人だ。そばで見ていると、とても眩《まぶ》しい」

「ちょっ、葛城さん、恥ずかしいよ」

てらいもなく言う彼に、春哉の方が戸惑ってしまう。春哉より十歳も年上の葛城が、こんなにはっきりと愛情を向けてくるなんて。

「て……照れたり、しないんですか。俺にそういうこと言うの」

「少しも。人を素敵だと思うことに、性別も年齢も関係ないんだよ。私は君だから好きになったんだ」

「葛城さん――。じゃあ、今も、俺にキスしたいって、思ってますか」

「ああ」

迷いもなく頷《うなず》かれて、眩暈《めまい》がする。でも、体の芯から蕩《とろ》けて崩れていくようなその感覚は、嫌悪感のかけらもない、心地いいものだった。

（どうしてなのかな。男の人なのに、やっぱり俺は、葛城さんのことを嫌だって思えないんだ）

昨日からずっと、自分の気持ちがはっきりしない。でも、照れくさいけれど心地いいこの感覚は、春哉の中で一番ごまかしがきかない、正直な感覚だった。

「春哉」

「は、はい」

「君の唇にキスをしていいなら、目を閉じて」

寝具の下で、どくん、と春哉の胸が音を立てている。

葛城はまた春哉に選択肢をくれた。目を閉じるか閉じないか、二つに一つしかない答えを、春哉は迷った末に、自分の感覚だけを信じて選び取った。

「……葛城さん……」

意思を持って閉じる瞼は、昨日の凍え切っていた瞼よりは、重たくなかった。葛城の眼差《まなざ》しも、カーテン越しの朝の陽光も、二人で紡ぐ静寂の中へと溶けていく。

緊張している春哉の唇を、葛城の唇が塞《ふさ》いだ。いつでも逃げていい――まるでそう告げているように、彼のキスは優しい。

(逃げない。俺はキスをする方を選んだ。葛城さんとこうしていたいんだ)

自分の気持ちははっきり分からなくても、葛城に触れたいと、春哉の鼓動が告げている。

春哉は両腕を伸ばして、葛城の背中にしがみ付いた。彼の重みでベッドが軋《きし》み、キスの温度が沸騰したように熱くなる。

「ん…っ、ふ、う……っ、んん――」

だんだんと優しくなくなるキスに、春哉は夢中でついていく。葛城をきつく抱き締めるたび、彼の吐息が震えている気がしたけれど、春哉も同じだったから、知らないふりをした。

嵐の日から数日の間、葛城は葡萄畑の被害の調査と、その修復のために、いつにも増して忙しく過ごしていた。

幸い、雹害を受けた畑は局地的で、『シャトー・ラ・リュヌ』の醸造に支障が出ることはないらしい。体調が戻った春哉も手伝い、被害のなかった畑は順調に収穫が進んでいる。その中には、貴腐ワインになる葡萄、セミヨンの畑もあった。

「――春哉、左側の枝の裏、もう一房残っているよ」

「あ、本当だ。もったいない」

「君もハサミの使い方がさまになってきたね」

「だいぶ慣れましたよ。でも、今日の畑のセミヨン、もう収穫しちゃうんですか？　貴腐ワインの葡萄は、干し葡萄みたいに皺《しわ》くちゃになってから摘むって聞いたけど……」

「ここの畑は風通しがよくて、貴腐菌がうまく実に着かないんだ。だから普通の白ワインの原料にするんだよ」

パチン、とハサミを鳴らして、葛城はたわわに実った葡萄の房を手にした。ワインの知識の乏しい春哉に、彼は何でも教えてくれる。彼のレクチャーを受けながら、青空の下で葡萄を摘むのは楽しい。

飲み放題のワインをエネルギーにしているヴァンダンジェールたちと、夕方まで収穫作業をしてから、春哉は醸造所の内部を見学させてもらった。

赤ワインがメインの葛城のシャトーは、白ワインの醸造は見学コースに入っていない。春哉が一日がかりで摘んだセミヨンが、実と茎を分ける除梗機へとコンベアーで運ばれていく。その後、実だけがプレス機にかけられて、新鮮な搾り汁が大きなタンクに貯蔵されるのだ。

「春哉、見てごらん。こちらの発酵タンクは、仕込んで三日目の若いワインだよ。ボルドーでは『ブリュ』と言うんだ」

「わあ、炭酸ガスの泡だらけだ。日本酒にも、加熱処理をしない『生酒』っていうのがあります。酵母が生きてるからデリケートで、生産地や蔵元周辺でしか飲めないんですけど、『春乃音《はるのね》』の生酒はめちゃくちゃおいしいですよ」

「私も飲んでみたいな。日本に帰る機会があれば、新潟まで足を運ぶよ」

「はい。うちの『月村《つきむら》酒造』に寄ってください。家族と従業員総出で歓迎します」

「ありがとう」

葛城とブリュの見学をしてから、春哉は醸造所の地下へと案内された。元々城だったこの建物の地下は、石造りの回廊を中心に、大小いくつもの空間に分かれている。湿度や温度が一定という特性を生かし、ワインを熟成させる樽熟庫や、出荷前の貯蔵庫として使われていた。

「すごい数……っ。この樽の中身、全部ワインなんだ……」

「これでもメドック地区の中では、生産量も流通量も少ない方なんだよ。もう少し規模を大きくして、日本でも『シャトー・ラ・リュヌ』を販売することが目標なんだ」

「フランスで『春乃音』を広めたい俺と逆ですね」

「春哉の方が、一歩も二歩も先を行っている。『春乃音』は本当においしい日本酒だし、試飲会でも好評だった。私も君に負けないようにがんばらなければ」

葛城の大きな手が、くしゃりと春哉の髪を撫でる。自分のことを褒められるより、『春乃音』を褒められる方が嬉しい。葛城は酒の造り手だけではなく、ソムリエというプロの飲み手でもあるからだ。

「ソムリエの葛城さんに、おいしいって言ってもらえて嬉しいです」

「私の方こそ、『春乃音』に出会えて幸運だよ。フランスでは貴重なボトルを分けてもらえたしね」

試飲会のお礼に、春哉は『春乃音』を数本、葛城へプレゼントした。彼はまだそれを飲まずに、大事に保管してあるという。

「君の『春乃音』は、私のとっておきの場所で眠らせているんだ。――おいで」

突然、葛城は春哉の手を取ると、早足で歩き出した。地下の回廊はとても静かで、石の天井に反響する自分たちの足音しか聞こえない。

二人きりで過ごしている時、こんな風に何気なく、葛城に触れられることが多くなった。でも、物慣れない春哉は、何度彼と手を繋《つな》いでも緊張してしまう。

「か、葛城さん、他の人に見られますよ」

「見られても私は困らないけど。恥ずかしがる君を見ている方が楽しいね」

「意地悪なこと言わないでください」

遠慮がちに震える春哉の指に、葛城は指を絡ませて、樽の運搬用のエレベーターに乗り込んだ。大きなリフトのようなそれが、ガコン、と二人の足元を揺らして上昇を始める。

「春哉」

機械音が響く中、甘い声で名前を呼ばれると、葛城と二人だけで天上の別世界へ昇る錯覚がした。

ゆらりと体を揺らしながら、葛城に求められるままキスを交わす。繋いでいた手に、思わず力が入ってしまったことを、彼に笑われた。

「君は本当にかわいい人だな」

「……葛城さんが、急にするから……」

唇の下半分をくっつけたまま話すのは、吐息がかかってくすぐったい。でも、キスをやめたいとは、春哉は思わなかった。

(葛城さんのキスは、いつも優しくて、あったかい)

葛城以外の人のキスを、春哉は知らない。一度だけ、乱暴な男に無理矢理されたことがあったけれど、あれはただの暴力だった。

戸惑いや躊躇《ためら》いはあっても、葛城に触れられることを、春哉は受け入れていた。出会った時から大切にしてくれて、好きだと言ってくれた人を、拒む理由なんかない。男の人とキスをしてはいけないと、頭では理解していても、唇が葛城を欲しがって止められなかった。

(他の人とは嫌だ。葛城さんとだから、キスしたいんだ)

ちゅ、ちゅ、と啄《ついば》むように触れ合っているうちに、春哉の頬が上気してくる。小さなキスを重ねるたびに、もっとしたくなって困った。

エレベーターがゆっくりと停止し、葛城が残念そうに唇を離す。でも、キスで火照《ほて》った手を離すことはできなくて、通路に出てからも繋いだままだった。

醸造所の二階は、葛城の住まいであるホテルの別館まで、豪奢《ごうしゃ》な回廊で繋がっている。葡萄畑や収穫風景を描いた絵画が飾られた、ギャラリーのような回廊を歩き、葛城は別館のとあるドアの前で足を止めた。

「――葛城さん、ここは?」

「秘密のコレクションを貯蔵している、私のワインセラーだよ」

二重になっているドアを開けると、窓のない室内に、セピア色の淡い明かりが点《とも》されている。少し肌寒い室温と、静寂した空気と、高めの湿度。ワインにとって最適な環境の中、整然と並ぶ棚には、春哉の知らない銘柄がたくさん保管されていた。

「フランスやドイツの有名銘柄だけでなく、南米のチリに、オーストラリア、もちろん日本のワインもある。どれも実際にテイスティングして、おいしいと感じたものだけを集めてあるんだ」

「じゃあ、ここにあるのはみんな高級ワインなんですね。ワインに詳しい母親が、何百万円もする銘柄もあるって言ってました」

「金額だけでワインの価値は決められないんだよ。人には好みがあるから、例えば君が格付け一級の『シャトー・ラトゥール』や、ブルゴーニュの名品『ロマネ・コンティ』を飲んでも、おいしいとは感じないだろう」

「あ――、そうか。高価なワインでも、味の分からない俺には、価値がないのと同じです」

「結局、ワインは好き嫌いで判断するしかないのかもしれないね。気に入ったものをいつでも飲めるように、自分の部屋のすぐそばにこのワインセラーを作ったんだ」

くすす、といいたずらっぽく微笑みながら、葛城は棚に並ぶワインを見やった。そう言えば、彼の寝室はここから廊下を挟んで向かいの部屋だ。彼が本当にワインが好きだということを再認識して、春哉も微笑んだ。

「静かに眠らせることで、ワインは価値が高まっていく。若いワインが最高の味わいと深みを持つまで、私たち造り手《ヴィニュロン》は何十年も待つんだ」

「何十年も……。二、三年寝かせたら『古酒』って言われる日本酒より、気が長いなあ」

「日本酒には日本酒のおいしい飲み方がある。君の『春乃音』も、私のコレクションの中に入れさせてもらったよ」

葛城が、部屋の奥にある木の扉をそっと開く。大きな冷蔵庫になっていたそこには、白ワインや瓶詰《びんづ》めしたブリュとともに、『春乃音』が並べられていた。

「――冷酒にしたんですか」

「ああ。『春乃音』は薫り高いから、常温で飲むより冷蔵に向くと思ってね」

「さすがソムリエさん。俺も同感です」

「それじゃあ、今夜は『春乃音』で乾杯しよう。グラスも一緒に冷やしておくよ」

「はいっ」

葛城と酒の話をするのは、とても楽しい。彼が認めた名酒たちとともに、このワインセラーの住人になった『春乃音』のことが、春哉は誇らしくてたまらなかった。

ワインセラーを出ると、廊下でぱたぱたと尻尾《しっぽ》を振りながら、アンヌが待っていた。夕方に仕事が立て込んでいない時は、葛城はアンヌを散歩に連れて行く。ご主人様のことを玄関で待ち切れずに、口にリードを銜《くわ》えて迎えに来たのだ。

「わふっ、わんっ」

「アンヌ、よしよし。今日は川べりの方を歩こうか」

うん、と返事をするように振ったアンヌの頭を、葛城が優しく撫でている。微笑ましい二人の姿を眺めていると、リードの端を持った葛城が、春哉の方を向いた。

「アンヌが、君も一緒に行こうって」

「はい」

春哉がリードを受け取ろうとすると、ジーンズのポケットの中で、携帯電話が鳴った。タイミングの悪いそれを取り出すと、画面に『月村酒造』と表示されている。

「え？　何かあったのかな。——すみません、実家からです。先に行っててください」

「ああ。玄関前のポーチで待ち合わせよう。おいで、アンヌ」

あんあんっ、とアンヌはかわいらしく吠えて、葛城の足にじゃれつきながら、廊下の先へと歩いていった。二人を見送ってから、春哉は電話を耳にあてた。

「もしもし？」

『ちょっと春ちゃん、あんた何やってんのよ！』

「うわっ！」

キーン、と鼓膜に響く高音の声に、思わずのけぞる。新潟とボルドーは一万キロ以上も離れているはずなのに、不意打ちをくらって、春哉はしどろもどろになった。

「由真《ゆま》ねえちゃん…っ？　ど、どうしたの」

『どうしたの、じゃないわよ！　いつまでそっちで遊んでるつもりよ、早く帰ってきなさい！』

由真の口調は、子供の頃に遊びに夢中で帰りが遅くなった春哉を叱《しか》った、母親の口調とそっくりだ。春哉はぶるぶるっと頭を振って、くだらない思い出をどこかへ押しやった。

「何だよ、いきなり。わざわざ会社の電話を使って怒鳴ることないだろ」

『だって私、遊び呆《ほう》けてる誰かさんと違って勤務中だもの。試飲会が終わってから何日経《た》ったと思ってるの？　蔵元が今どれほど忙しいか、春ちゃんも分かってるでしょ！』

「……あ……っ」

がつん、と頭をゲンコツで殴られたような感じがした。葛城と葡萄畑に通って、ボルドーに溶け込んでいた春哉の毎日が、唐突に終わりを告げる。

九月の半ばを過ぎた春哉の地元は、新米の刈り入れの真っ最中で、『月村酒造』では新酒の仕込みの準備が始まっている。春哉の背中に、ざあっ、と冷や汗が浮かんできた。

「ご、ごめん――」

秋から冬にかけての仕込みの時期は、父親や従業員たちは多忙を極める。春哉も毎年手伝いに駆り出されるのに、ボルドーで過ごすのが楽しくて、帰国しなければいけないことをすっかり忘れてしまっていた。

「父さんたち、怒ってる、よね？」

『もうカンカンよっ。おじさ――社長に怒られる前に、私が電話してあげたんだから。感謝してよねっ』

「あ、ありがとう、由真ねえちゃん」

『大学のお休みもあんまり残ってないでしょ？　とにかく早く帰って、こっちの仕事を手伝って。ねえ、ところで葛城さんは元気？』

「う、うん。ボルドーも収穫時期だから、毎日畑に行って、一緒に葡萄を摘んでる」

『何それ、春ちゃんだけずるい！　もう絶対コキ使ってやるんだからっ。じゃあねっ。気を付けて帰ってきてねっ』

言いたい放題言った由真は、最後に年上の幼馴染《おさななじみ》らしい気遣いをしてから、通話を切った。

ツーッ、ツーッ、と不通音が鳴っている電話を、耳から外して、春哉はがっくりと肩を落とした。

「どうしよう……。本気で頭から抜けてた……」

今まで一度も、こんなことはなかった。子供の頃から父親の仕事を手伝うのが当たり前で、新潟じゅうの蔵元が賑《にぎ》わうこの時期に、実家を離れたこともなかったのに。『月村酒造』の跡取り息子のくせに、自分の役目を忘れていたなんて。

「すぐに帰らなきゃ。何やってたんだ、俺……っ。俺一人だけ、こっちで遊んでる訳にはいかない」

春哉は携帯電話を握り締めて、浮かれていた自分自身を叱った。

こんないい加減なことをしている人間が、日本酒を世界に広めるビジネスなんて、成功させられるはずがない。まだそのための勉強も経験も全然足りないのだ。すぐに帰国して、蔵元の跡取りらしい日常に戻らなければ、春哉は自分を見失ってしまいそうだった。

（葛城さん、すみません。とても楽しかったけど、俺は新潟へ帰ります）

ボルドーで過ごす毎日は、満たされ過ぎていて、ずっとここにいたくなってしまう。それは葛城がそばにいてくれたからだと、春哉はとっくに気付いていた。


葡萄の収穫の最盛期は、ボルドーの観光シーズンでもあり、葛城が所有するホテルは連日満室だった。ヴァンダンジェールたちの葡萄摘みの歌が響き渡った畑も、ひっきりなしに観光客が押し寄せた醸造所も、真夜中になると人影すらなくなる。みんな、家族と暮らす暖かな家や、ホテルの部屋で、ワイングラスを傾けながら寝酒に興じているんだろう。

オレンジ色の明かりが漏れる客室の窓を、別館の広いリビングから、春哉はぼんやりと眺めた。冷蔵庫で冷やしてあったグラスが、掌《てのひら》の中でいつの間にか温められている。一口飲んだだけで、グラスの中身がいっこうに減らない春哉を、ソファの隣から葛城が覗き込んだ。

「春哉？　冷酒がぬる燗《かん》になってしまうよ」

「あ――。すみません」

「夕方からずっと、ぼうっとしているね。食事もあまり進まなかったようだし、何か心配事でもあるのか？」

「い、いいえ、別に」

慌てて飲んだ『春乃音』の味は、普段と変わらずおいしいはずなのに、春哉の舌がついていかない。テーブルに並んだ葛城の手作りの肴《さかな》も、碌《ろく》に箸《はし》をつけられないままだ。

帰国しなければならないことを、春哉はまだ葛城に告げていなかった。由真から電話があった時は、すぐにでも新潟へ帰るつもりだったのに、葛城の前だと、どう切り出していいのかきっかけが摑《つか》めない。

（元々、こっちにいるのは試飲会が終わるまでだったんだ。大学も始まるし、俺がボルドーにいる理由がない）

日本行きの飛行機を確かめたら、明日の夜にパリの空港を出発する便に、空席があった。あらかたの荷物はスーツケースに纏《まと》めてあるし、あとは葛城にお礼の挨拶《あいさつ》をするだけなのに、グラスを握り締めて、また春哉は黙り込んだ。

（――簡単だろ。お世話になりました、さよなら、って、早く言えよ、バカ）

もう何度も口にしかけては、そのたびに挨拶の言葉を飲み込んでいる。葛城と目が合うとますます何も言えなくなって、春哉はどうしていいのか分からなかった。

一ヶ月くらいボルドーで暮らしたからだろうか。この街を離れることに、後ろ髪を引かれるような思いを抱《いだ》いてしまう。フランスにやって来るまで、ワインが苦手な春哉にとって、ボルドーは興味のない外国の一都市に過ぎなかった。でも、葛城に出会って正反対に変わってしまった。

（……俺は、この街が好きになってたんだ。見渡す限りの葡萄畑も、ワインを造ってる人たちのことも。俺が育ってきた街とよく似てるこの街は、酒で繋がってる）

海でも空でもなく、酒というのが春哉らしいと、以前葛城は笑っていた。地元へ帰れば、葡萄畑の風景が、酒米の稲穂の風景に変わるだけだ。たったそれだけのことなのに、どうしてこんなに寂しいんだろう。

「春哉」

大きな手に肩を揺さぶられて、どきん、とする。春哉の揺れた瞳を、葛城は優しい眼差しで捕まえて、グラスを置いた。

「もう遅い時間だから、そろそろ休もうか。君の部屋まで送るよ」

「え……、でも、まだ俺、全然飲んでないです」

「今夜の君は、酒の気分じゃないようだ。『春乃音』を飲み干すのは明日にしよう」

氷を入れたワインクーラーから、『春乃音』のボトルを持ち上げて、きゅ、と栓を締める。ソムリエらしい、葛城の流麗な指先の動き。今まで何度も見惚《みと》れたそれを、視界の端に映しながら、春哉は自分の両手を握り締めた。

（明日は、パリの空港まで行かなきゃいけない。葛城さんと一緒にいられるのは今夜だけだ）

葛城と話したいことは、たくさんあるはずなのに、もどかしいほど声にならない。ひどく乾いた春哉の唇は、自分の気持ちに正直になればなるほど、さよならの一言を紡げなかった。

（駄目だ――。帰りたくない。もう少しだけ、葛城さんのそばにいたい）

どうしてそう思うのか、理由を考える余裕は春哉にはなかった。衝動的としか言えない、自分でも制御できない何かに後押しされて、葛城へと手を伸ばす。

「あの……っ」

彼の服の袖《そで》を握り締めて、驚いている黒い瞳を、春哉は見上げた。

「俺、ここにいてもいいですか」

「春哉――？」

「今夜はずっと、葛城さんと一緒にいたい。葛城さんのそばにいさせてください」

葛城の瞳に映った自分の顔は、とても必死で、切羽詰まっていた。

こんな顔は知らない。彼が瞬きをするたびに、不安そうに変わっていく自分の顔を、まともに見ることができない。

「君が望むなら、いつまでもここにいてほしい」

「……葛城さ……」

「そばにいたいのは、私の方だよ。君をどこにも行かせたくない。私は春哉のことが、好きだから」

甘くて熱い囁きとともに、春哉の目の前が何も見えなくなる。葛城の唇に、唇をそっと奪われて、春哉は呼吸を止めた。

「ん……、ん」

酒香を纏った彼の唇に、あっという間に酔わされる。葛城と何度キスを交わしても、壊れそうに高鳴る鼓動には、慣れることができない。唇を唇で割り開かれ、彼の舌が口腔へと潜り込んでくると、春哉の左胸はいっそう騒がしくなった。

「……は……っ、んう……、んっ――」

舌先が重なり、二人の体温が溶け合い、ちゅく、と水音が鼓動に混じる。葛城が舌の動きを大きくすると、口腔はたちまち熱くなり、春哉はキスのことしか考えられなくなった。

(気持ちいい。ずっとこうしてたい)

葛城とするキスは、どうしてこんなに気持ちいいんだろう。春哉は一度も、彼に触れられることを嫌だと思ったことがない。葛城にキスを教えられ、夢中になることを知ってから、触れ合う回数も長さも増えるばかりだった。

(向こうへ、帰ったら、このキスが、最後になるんだ)

息を上げた春哉の舌の裏側を、葛城の舌先が、つ、と辿《たど》る。誘うようなそのやり方に、たまらない気持ちになって、春哉は葛城に抱き付いた。

(嫌だ。もっとしたい――。葛城さんと、離れたくない)

蕩け落ちそうな体を抱き竦《すく》められ、深く、深く、キスを交わす。互い違いに唇を重ね、葛城の舌を追い駆けているうちに、春哉の背中を柔らかなクッションが受け止めた。

ソファに横たえられ、葛城の長い指に、シャツの襟元を寛《くつろ》げられる。息が楽になるのと同時に、はだけた胸を撫で上げられて、春哉は、はっとした。

「何——？」

「このまま、じっとして」

キスを解いた彼の唇は、春哉の唇には戻らずに、頬を伝って耳朶《みみたぶ》へと行き着く。火照ったそこを甘嚙《あまが》みされると、体じゅうに、ぞくぞくっ、と電流のようなものが走った。

「あ……っ、んぅ……」

「好きだよ。春哉」

跳ねた胸を掌でまさぐりながら、敏感な耳孔に、葛城が舌を入れてくる。そんなところを舐められたのは初めてで、春哉は恥ずかしい声を我慢できずに、されるがままになっていた。

「あぁ……っ、くすぐった、い。……ひゃ、あ……っ、あうぅ……っ……」

体が溶ける。耳孔に注ぎ込まれた熱と吐息が、春哉を内側から支配して、体じゅうの力を奪っていく。

シャツのボタンが外されていくのを、春哉は息を弾ませながら、霞《かす》んだ瞳で見ていた。グラスやソムリエナイフを巧みに操る指先が、春哉を裸にしていく。どくっ、どくっ、と脈打つ首筋に、葛城は唇を埋《うず》めて言った。

「君が欲しい」

その囁きの意味が分からないほど、子供じゃない。密着している葛城の胸からも、大きな鼓動が聞こえてくる。

「葛城さん――」

戸惑う春哉の返事を促すように、痩《や》せた鎖骨を、ちゅ、と啄んで、葛城はシャツの裾《すそ》を掻き分けた。

「あ……っ、待っ……て」

ジーンズのウェストを辿る指の行方《ゆくえ》に、半裸の肌が粟《あわ》立つ。それまでの優雅な指とは違う、情熱的に春哉を求めている、大人の男の指だ。キスの続きがしたい、と、葛城は春哉に無言で訴えている。

(いい、のかな。この人にならら、何をされても――怖くない)

渇いた喉《のど》を、こく、と鳴らして、春哉は息を呑み込んだ。

(葛城さんは、俺のことを好きだって言ってくれた。今夜しか、そばにいられないなら、一度だけ……っ)

返事の代わりに、葛城の体を抱き締めて、自分から彼の頬にキスをする。葛城以外の人には、絶対に身を任せたりしない。いつも春哉の味方になってくれた、優しい彼が教えるキスの続きは、きっと過ちではないから。

「お…、俺でよかったら、どうぞ」

葛城のことを信頼している。彼になら全部委《ゆだ》ねてもいい。そこまで強く想えた人は、葛城だけだ。

(俺もこの人のことが、好き、なのかな)

嫌いじゃない、という想いは、好きと同じ意味なのだろうか。不器用な自分の気持ちの答えを知りたい。

春哉はゆっくりと両手を下ろして、俎上《そじょう》の魚のように、深くソファに沈んだ。ジーンズを脱がそうとしていた葛城が、ふ、と指を止める。視線を交わした短い一瞬に、彼の射るような熱い眼差しを感じて、春哉は震えた。

「続き、してください」

「――――」

「俺、こういうこと初めてだけど、葛城さんとなら、いいから」

葛城は黙って、春哉のことを見つめている。彼の眼差しに曝《さら》されていると、春哉の震えは、凍えたようにひどくなっていった。

「服は、自分で脱いだ方が、いいですか――?」

何故《なぜ》。寒くも、怖くもないのに、どうして震えが止まらない。かたかたと歯の音《ね》が鳴り、体じゅうが強張《こわば》って、滴《したた》った汗がソファに染みていく。

「早く、教えてください、葛城さん」

うまく動かせない両手で、春哉はジーンズの前を開けようとした。厚い布越しでも、自分が震えていることが分かる。かちゃかちゃと、チャックの金具を不器用に下ろしていた春哉の手を、葛城の手が摑んだ。

びくっ、と怯《おび》えたように跳ねた体に、自分で愕然《がくぜん》とする。反射的に葛城を見上げると、彼は苦い笑みを湛《たた》えた顔を、ゆっくり左右に振った。

「やめておこう。私は急ぎ過ぎたみたいだ」

「どうして……？　葛城さん、俺、いいって言ったよ」

「君は私の気持ちを受け止めてくれようとしただけだ。私のことを、欲しがってくれた訳じゃない」

「ち、違う、そんなことないです」

「春哉。かわいそうに、こんなに震えて。君を怖がらせてすまなかった」

違う、と何度否定しても、葛城は聞き入れてはくれなかった。春哉をそっと抱き起こして、彼はソファの足元に跪《ひざまず》く。

外したばかりのシャツのボタンを、一つ一つ留め直されている間、春哉は恥ずかしさでいっぱいだった。春哉の心臓はまだどきどきしているのに、葛城はキスさえしてくれない。あの情熱的な瞳も消えてしまって、ボタンを留め終わると、彼はもう、春哉に触れようとはしなかった。

「自分の部屋へ帰りなさい。さっきのことは忘れていい」

「嫌です。……止めないでください。怖くないから、もう一回、俺と」

「春哉」

彼はまた首を振って、騎士のように床へ跪いたまま、春哉を見上げた。

「君が私に身を任せようとしたのには、理由があるはずだ。君の様子がおかしかったことと、関係があるのか？」

「え……っ」

「私は春哉のことを、いつでも大事に想っている。君の気持ちを棚上げにして、無理矢理奪うような真似はしたくない。今思っていることを、正直に言って」

春哉、ともう一度、真摯《しんし》な声で名前を呼ばれると、ごまかすことはできなかった。

時間が経つごとに、春哉の体から、少しずつ震えが消えていく。春哉が再び口を開くまで、葛城はじっと待っていてくれた。

「葛城さん、俺、家に帰らなくちゃいけなくなりました」

春哉が呟くと、葛城は、はっと黒い瞳を見開いた。でも、予想はしていたのだろう。すぐに穏やかな瞳に戻って、春哉を見つめる。

「――夕方、君のご実家から電話があったね」

「はい。今すぐに、帰ってこいっていう電話でした。ここと同じで、地元も酒米の収穫期だから、そろそろ新酒の仕込みが始まります。俺も、家の仕事を手伝わなくちゃ。だから…っ、もうここにはいられません」

ソファの座面を、春哉は指先で引っ掻いた。葛城がワイン造りに励んでいるように、春哉にも蔵元の跡取りとしての役目がある。帰りたくない、と言いたいのを堪《こら》えて、春哉は小さく頭を下げた。

「一ヶ月も泊めてもらって、ありがとうございました。お世話になりました」

「君に長くここへいてもらったのは、私の我儘《わがまま》だ。すぐに帰りの飛行機のチケットを手配するよ。出発はシャルル・ド・ゴール空港でいいかな」

「はい。あの——、明日の夜の便が、空《あ》いてるって」

「明日？　それは、随分急だね」

葛城の表情が曇ったのを、春哉は気付かないふりはできなかった。たった今まで帰国を言い出せなかったことが、彼を傷付けているようで、胸が痛い。

「……明日ボルドーを発《た》って、パリでチケットを買うつもりでした。葛城さんにフランス語を教えてもらったから、一人でも、何とかなると思って」

「春哉。まさか、私に黙って帰るつもりだったのか？」

「いいえ！　言い出せなかっただけです。今夜が、葛城さんといられる最後なんだと思ったら、俺……っ、俺、寂しくて。今夜だけは、葛城さんのそばを、離れたくなかったんです」

「春哉――」

「ごめんなさい。変なこと言ってます。すみません」

好きだと言ってくれた葛城の気持ちに、応えてもいないくせに、離れたくないなんて勝手だ。向けられた愛情に甘え切って、自分だけ傷付かないでいる春哉のことを、葛城のような立派な大人が、いつまでも大事にしてくれるとは思えなかった。

「ボルドーに来て、楽しかったです。ワインのことも、もっと好きになれたらよかったけど、『シャトー・ラ・リュヌ』は飲めないままでした」

日本とフランスはとても遠い。帰国をしたら、葛城と会うことはもうないだろう。彼のことも、ボルドーで一緒に過ごした時間も、全部思い出に変わってしまう。そしていつか葛城は、シャトーのオーナーとして忙しく過ごすうちに、たった一ヶ月そばにいた春哉のことなんて、忘れてしまうだろう。

「ワイン嫌いの俺のことを、大事にしてくれてありがとう。ここにいる間だけでも、葛城さんに好きって言ってもらえて、嬉しかった」

「春哉、私の想いは、これからも変わらないよ」

「……え……？」

「君がボルドーを発っても、ずっと君のことを好きでいる」

「でも——ここと新潟は遠いです。俺のことなんか、葛城さんはきっと忘れてしまう」

「忘れたりしない。君と私は少しも離れていないよ。この街と春哉の住む街は、酒で繋がっている。君が言った、私の大好きな言葉だ」

「葛城さん」

「春哉。私は待つことには慣れているんだ。ワインの熟成を待つように、君が私のことを好きになってくれるまで、十年でも二十年でも待っている」

「十年でも、二十年でも……？」

「ああ。その頃には、君が嵐の中で守ってくれた葡萄も、いいワインになっているはずだよ」

そう言って、葛城が微笑んでくれたから、春哉も笑おうとした。でも、笑えなかった。

胸の奥が熱いものでいっぱいで、息ができない。それでも笑ったつもりだったのに、春哉の両目が涙で潤んだ。

（俺は、本当に、葛城さんに甘えてばっかりだ）

どうして自分は泣いているんだろう。どうして泣くほど帰りたくないんだろう。その答えは春哉の心の中のどこかにあるはずなのに、探し切れない。自分を激しく揺さぶる感情の正体が、もう少しで分かりかけていたのに、涙で閉ざされてしまった。

子供のように溢れてくる春哉の涙を、葛城は何も言わずに拭《ぬぐ》ってくれる。ボルドーで二人で過ごす最後の夜が、そうして静かに更けていった。

7

『魚沼《うおぬま》産コシヒカリ』の名を、日本全国に轟《とどろ》かせる新潟は、米所《こめどころ》と呼ばれて久しい。春先に稲の苗を育て、田に水を張り、苗植えが済むと病害や災害と戦いながら、夏を越す。稲が成長し、頭《こうべ》を垂れるほど穂が実る秋には、田園の風景が黄金色《こがねいろ》に染まる。

新潟の蔵元にとっての米所と言えば、酒米『五百万石』の最大産地である上越市が挙げられるだろう。酒米は普通に食べる米よりも、サイズが少し大きいのが特徴だ。その玄米を精米機にかけて五十パーセント以上研磨し、醸造アルコールを使わずに発酵させた日本酒を、純米大吟醸という。

いくつかある日本酒のランクの中で、最も味がいいと言われる純米大吟醸。そのブランド酒を製造販売する蔵元『月村酒造』は、晩秋の枯れた田園を見下ろす、高台の上にあった。

「――春哉、年末までの納入先のファイル、そっちの棚から出してちょうだい」

「はい」

「春ちゃん、ネット購入のお得意様リストはもうできた？」

「うーん、そっちはまだ」

「早くしてくれないと、ＤＭ送れないじゃない。簡単なデータ入力にいつまでかかってるのよ」

「うるさいなあ。だいたい事務は由真ねえちゃんと母さんの仕事だろ?」

「あらやだ。由真ちゃん、一人でボルドーで遊んでた放蕩《ほうとう》息子が、何か言ってるわ」

「私たちは新酒の予約の電話対応で忙しいんですー」

由真と母親に二人がかりで言い返されて、春哉はむくれた。蔵元のみんなが忙しく働いていた時に、ボルドーで長居をしていたことは本当だから、文句は言えない。

「……別に遊んでた訳じゃないんだけど……」

ジロンド河沿いに広がる、なだらかな葡萄畑を最後に目にしたのは、二ヶ月近くも前のことだ。春哉が帰国する日、葛城はボルドー＝サン＝ジャン駅から一緒に列車に乗って、パリの空港まで見送りをしてくれた。搭乗ゲートを通過する最後の最後まで、彼は春哉のことを片時も離さなかった。

(葛城さんと、毎日葡萄を摘みに行ったのが、もう何年も前のことみたいだ)

葡萄の木が一本もない、実家の周りの田園風景を見ていると、やっぱりフランスは遠い国なんだと思い知ってしまう。

帰国してからの春哉は、家の仕事の手伝いと、大学の講義やゼミに追われている。春哉が所属している経営学のゼミの教授は、学部で一番レポートの出題回数が多い名物先生だ。やる気のない学生は容赦なく留年させることでも有名で、春哉は毎晩、寝不足になりながらレポートを仕上げていた。

（留年は嫌だな。早く卒業して、俺もちゃんと働きたい）

春哉が経営に直接携わるようになったら、父親は杜氏《とうじ》の仕事に専念すると、親子の間では約束をしている。『月村酒造』は社長が杜氏を兼ねるのが伝統だけれど、親戚に優秀な杜氏見習いがいるおかげで、春哉には純粋な経営者としての道が開けていた。

ワイン並みに日本酒を世界へ広めるには、春哉は一流のビジネスマンにならなければいけない。きついレポートも、由真と母親に顎《あご》で使われる事務仕事も、夢を叶《かな》えるためだと思えば、いくらでもがんばることができる。夏休みが明けてから、大学でフランス語を履修し始めたのも、その気持ちの表れだ。

（俺も、葛城さんみたいな人になりたい。海外で認められるような仕事がしたい）

事務所のパソコンのキーボードを叩《たた》きながら、葛城の顔を思い浮かべると、きゅ、と胸のどこかが引き攣《つ》れるような、切ない気持ちになる。十年でも二十年でも春哉を待つと言った彼は、空港での別れ際、さよなら、という言葉を口にしなかった。

『元気で、春哉。ワインが飲みたくなったら、いつでも私を呼んでほしい』

ソムリエらしく、私にサーヴをさせてくれ、と、春哉の肩を抱き寄せて彼は囁いた。

（まだ、あの時の葛城さんの声が、耳に残ってる）

仄《ほの》かに耳朶が火照ってきたのを、春哉はタイピングの速度を上げてやり過ごした。葛城のことを考えていると、頭の中がそればかりになって、入力を間違えてしまう。

葛城からは、二日に一度くらいのペースでメールが届く。いつも葡萄畑や醸造所の写真が添付されていて、春哉が帰国してからも変わらない彼の日常が垣間見えて、嬉しかった。

（葛城さんも、そろそろ新酒のワインの仕込みが一段落する頃かな――）

ワインと日本酒は仕込みや醸造の工程に違いがあって、日本酒の方が速く製品化される。『月村酒造』では毎年十二月に新酒を発売していて、『春乃音』を筆頭に、創業当時からの定番銘柄『越後銀水《えちごぎんすい》』、慶事に好まれる金箔《きんぱく》入りの『華誉《はなほま》れ』などが、日本酒需要の高まる年末年始をピークに市場へ出回る。十一月の今は、製品になる直前の原酒が出来上がる、とても大切な時期だった。

「春哉、その入力が終わったら、お座敷の準備を手伝ってね。今夜は忙しいんだから」

「あ……、うん。長岡の叔父さんたち、何時頃に来るんだっけ」

「七時よ。由真ちゃんも、接待に駆り出して悪いわねえ」

「いーえ、毎年のことだから。誰よりも早く原酒が飲めるし、役得だよねー、春ちゃん」

「うん。今年の出来が楽しみだね」

今夜は自宅の座敷に親戚や主だった酒米農家を集めて、原酒の利《き》き酒をする。正月に大々的に開く新酒の披露日会より先に、身内だけにその年の出来を確かめてもらう、いわば試飲会のようなものだ。二十歳になった春哉も、今回から『月村酒造』の五代目として、蔵元のこういった集まりに正式に参加することになったのだった。

三人で事務の仕事を片付け、『月村酒造』の本日の営業が終了すると、自宅の方が俄《にわ》かに慌ただしくなる。座敷に設けた宴席には、父親が懇意にしている料亭や寿司屋から、続々と鉢盛のごちそうが届けられた。準備が済むと、春哉は由真と玄関に並んで、原酒を楽しみにやって来る客たちを出迎えた。

「いらっしゃいませ。叔父さん、叔母さん、ごぶさたしてます」

「おう、春哉か。正月以来だなあ。元気そうだ」

「みんなでフランスに行ってたんだって？　楽しかった？」

「うん、楽しかったよ。お土産のワインがあるから、後で渡すって父さんが言ってた」

「それじゃあ一緒にワインの利き酒もするか」

「あなた、せっかく原酒を振る舞ってもらうのに、義兄《にい》さんと俊也《しゅんや》が怒るわよ」

工務店の社長で、春哉の父親の実の弟にあたる叔父は、酒好きで豪快な性格そのままに、がははは、と笑った。叔父夫婦の息子で、春哉の従兄弟《いとこ》の俊也は、『月村酒造』の杜氏見習いとして働いている。遠い将来、春哉と俊也の二人で『月村酒造』を守《も》り立てていく予定なのだ。

すっかり日の暮れた午後七時、座敷に『月村酒造』の全銘柄の原酒と、地元新潟の庵地焼《あんちやき》の酒器が運び込まれ、利き酒が始まる。春哉はワイシャツにネクタイ姿で酌をして回りながら、客たちを相手に、跡取りらしい役目をこなした。

「今年の『春乃音』もいい出来じゃないか。秋口の長雨で、酒米の質が落ちないか心配していたが、いやあ、よかった」

「農家さんのおかげだよ。天気を読んで、田の刈り取りの時期を少し早めてもらったんだ」

「春坊は親父《おやじ》さんに似ずに謙遜がうまいな。四代目なら全部自分の手柄にするぞ」

「誰だ？　俺の悪口を言ったのは。褒めるんだったら、『春乃音』の酒母造りをした俊也を褒めてやってくれ」

「ほう、俊ちゃんが！　酒母を任せてもらえるようになったら、一人前だな」

「俺なんか、社長に比べればまだまだひよっこです。――春哉、取り皿が足りないみたいだから、台所に取りに行ってくるよ」

「あ、いいいい、俺が行く。俊兄は叔父さんと叔母さんに会うの久しぶりだろ？　ゆっくりしてろって」

「ありがとう。五代目を働かせちゃって、悪いな」

「ぜーんぜん」

五歳上の従兄弟、俊也の背中をぽんぽんとやって、春哉は座敷を出た。俊也はとても真面目《まじめ》な性格で、酒蔵の管理をするためにフランス旅行へ同行しなかったほど、蔵人の高いプライドを持った男だ。杜氏の後継者として申し分ないと、春哉の両親も期待をかけている。

（俊兄がいてくれるから、俺は大学に進ませてもらって、好きな経営の勉強ができるんだ。

感謝しなきゃ）

俊也の他にも、『月村酒造』の従業員や、酒米を納入してくれる農家には、月村家の親類縁者がたくさんいる。みんながそれぞれの力を持ち寄って、『月村酒造』の酒の味を造り出しているのだ。

（うちの蔵元は、大きな家族経営なんだ。従業員やワイン職人はたくさんいても、『シャトー・ラ・リュヌ』を一人で守っている、葛城さんとは違う）

誰もいない廊下を歩いていると、春哉の頭に、ふと葛城のことが浮かんだ。座敷の宴席が賑わえば賑わうほど、ワインの本場でシャトーを営む彼が、孤高に思える。いつも優しくて穏やかだった葛城の本当の姿は、大切なものを守って戦う、とても強い人なのではないだろうか。

（俺……、こっちに帰ってからも、葛城さんのことばっかり考えてる）

葛城のことが頭を離れないのは、彼が自分のそばにいないからだ。家族や親戚に囲まれて、何の不自由もなく暮らしているのに、あのボルドーで過ごした一ヶ月が、春哉の中に空白を作ってしまった。葛城の形をした空白は、誰にも、何にも埋められない。

（——今日は、葛城さんからメールくるかな）

スラックスのポケットに入れている携帯電話を気にして、春哉は短い溜息《ためいき》をついた。葛城からメールがあると嬉しくて、向こうの時差も考えずに返信してしまう。新潟の時刻に合わせてくれる彼は、遠く離れていても、ボルドーにいた頃と変わらず春哉のことを甘やかしていた。

「あら、春哉。こんなところでなあに？　座敷の方はどうしたの」

「父さんと俊兄に任せてきた。取り皿が足りなくなったから、ちょうだい」

台所に顔を出すと、身内の集まりの時は裏方役の母親が、酒を出すタイミングや料理の追加を取り仕切っていた。トレーに取り皿を二十枚ほど載せてもらい、なかなか重量のあるそれを、座敷へと運ぶ。

さっき歩いてきた廊下を戻っていると、坪庭が見られる小さな休憩スペースで、ぼそぼそと話し込んでいる人たちがいた。『月村酒造』の子会社を経営している親戚が二人、煙草《たばこ》を吹かしながら顔を突き合わせている。

「来年の仕込みから、四代目は俊也を正式に、もと廻《まわ》りに据えるつもりらしい」

「あれはまだ若いが、腕のいい蔵人だ。誰も反対はしないだろうよ」

親戚たちが、父親と俊也の話をしていることに気付いて、春哉は思わず足を止めた。もと廻りとは、日本酒の核になる酒母を造る、とても大事な役職だ。

（来年からか……。ベテランの蔵人が選ばれる役職なのに、すごいな、俊兄）

廊下の角に隠れながら、春哉は素直に、従兄弟の出世を喜んだ。俊也は杜氏になる階段を着実に上っている。これからも従兄弟を応援しようと春哉が思っていると、親戚たちの話し声は、いっそう小さくなった。

「蔵仕事の優秀な後継者ができたんだ。いっそ俊也を五代目にしてやればいいのに」

「そりゃ無理だ、春哉がいる。四代目も甥《おい》っ子よりは実の息子に跡を継がせたいだろう」

「――春哉は蔵仕事の修業をしていない。半人前のあれが将来社長になったら、『月村酒造』の伝統が途絶えるぞ」

「初代からずっと、杜氏が社長を兼ねて続いてきた蔵元だからな。春哉の代で『月村酒造』は変わるかもしれん」

「月村は多くの得意先を抱えているんだ。わざわざ大学を出なくても、蔵元の経営はできる。四代目は親の甘さで、春哉に無駄なことをさせているのさ」

自分のことが話題に出て、ずきん、と春哉は胸を痛ませた。春哉なりに『月村酒造』のことを考えて大学に進んだのに、伝統を重んじる一部の親戚たちには、理解してもらえない。自分のせいで、父親のことまで悪く言われて、春哉は悲しくなった。

（父さんは進学を後押ししてくれた。俊兄と俺で、得意分野をそれぞれ分担してやっていくのは、いけないのかな）

『月村酒造』の跡取りとして生まれても、本格的に酒造りに携わっていないと、半人前の扱いをされてしまう。

古い体質が残る蔵元を変えてやろうなんて、春哉は偉そうな考えを持ったことはなかった。

日本酒を世界中の人にもっと飲んでもらいたい、そのためにどんなビジネスが必要か、大学で勉強している理由は、ただそれだけなのに。

春哉は、きゅっ、と唇を噛み締めて、悲しい気持ちを押し殺した。こんな小さなことでめげてはいけない。葛城のような立派な人になると心に決めたのだ。春哉は隠れていた廊下の角を曲がって、何でもない顔で親戚たちに声をかけた。

「後ろ通りまーす。ここの廊下狭くてごめんね。よかったら、応接間を使って」

「あ、ああ、春哉か。おじさんたちも座敷へ戻るよ」

煙草の煙を、二人がごほっと吐き出しているのを横目にして、春哉は早足で座敷へ戻った。気まずい空気が流れたのは、その二人のせいだから気にしないことにする。

座敷で新しい取り皿を配ってから、余計なことを考えないで済むように、春哉は父親たちの利き酒の輪に加わった。俊也が気を遣って酌をしてくれたけれど、嫌な内緒話を聞いたせいで、原酒の瑞々《みずみず》しい味が半減してしまう。

(……今年の出来を、せっかく楽しみにしてたのに……)

猪口《ちょこ》の中の小さな波紋を見つめながら、少しも酔えそうにない自分を悔やむ。座敷にいるのは、無礼講の酒を酌《く》み交わす身内の人間ばかりなのに、一人でぽつんと取り残されたような気がするのは何故だろう。

料理には手をつけずに、酒だけを黙って飲んでいると、春哉の携帯電話が突然震え出した。

メールの送信者を確かめた春哉は、猪口を置いて、そっと廊下へ出た。

(葛城さん)

こんな塞いだ気分の時に、彼から連絡があるなんて。見計らったようなタイミングの良さに驚きながら、春哉はメールを開いた。

——春哉。今日、用があってパリへ来たら、日本の輸入品店で『春乃音』を見付けたよ。ワインセラーのストックが増えて嬉しい。

パリのホテルかどこかだろうか。エッフェル塔が見える窓辺のテーブルに、毛筆のラベルの『春乃音』が二本、静かに並んでいる写真が添付されている。今すぐそこへ飛んで行って、彼と一緒に飲みたい衝動に駆られた。

(葛城さんに、原酒を飲ませてあげたら、喜んでくれるかな)

廊下の壁に背中を預けて、春哉は左手に持った電話を握り締めた。

葛城は、たった一通のメールで春哉の心を軽くしてくれる。半人前と言われた悲しさも悔しさも、遠いフランスで彼が見付けてくれた『春乃音』が忘れさせてくれる。春哉の夢は、パリの片隅でちゃんと芽を出しているのだ。

(葛城さんだけだ。俺のことを、最初から一人前に扱ってくれたのは。俺の夢を笑わないで、日本酒を世界に売り込むビジネスマンになれるって、手放しで信じてくれた)

それがどんなにありがたくて、嬉しいことなのか、葛城と離れてから思い知った。彼だけは春哉の味方でいてくれる。

「葛城さん――」

メールの返信をしようとして、春哉はふと指を止めた。頭の奥から、内緒話をしていた親戚たちの声が聞こえてくる。

『春哉、いつまでお前は他人に甘える気だ？』

『月村の跡取りのくせに、情けない。そんなことだから、お前は半人前なんだよ』

ぴくん、と指先を震わせて、春哉は辛辣《しんらつ》なその幻聴に翻弄された。弱気になっている時に、葛城に頼ったら、彼無しではいられなくなってしまう。

（もっと、しっかりしなきゃ。葛城さんに甘えちゃいけない。俺は『月村酒造』の、五代目の社長になるんだから）

春哉は自分を奮い立たせるようにして、携帯電話をスラックスのポケットに戻した。ボルドーにいた時のように、葛城に甘えた方が、楽になれることは分かっている。でも、意地を張っていないと自分の立ち位置がぐらついて、新潟へ帰ってきた意味がなくなってしまう。

春哉は緩んでいたネクタイを締め直して、もう一度座敷へ戻った。葛城のメールに返信をしなかったのは、この時が初めてだった。

『月村酒造』の新酒が、いよいよ酒屋の店頭で売られる頃になると、新潟は本格的な冬の季節を迎える。日本海側特有の湿り気のある雪が降り、山地ではそれが根雪となって、家々の屋根にずしりとのしかかる。比較的雪の少ない春哉の地元でも、週に何度か、窓の外の景色が白くなる日が増えてきた。

「——今日はよく降るなあ」

二重ガラスで冷気を遮断した、大学の講義室の窓から、春哉は鉛色の空を見上げた。ゼミのレポートを提出し終えて、ようやくひたれた解放感も、昨日の夜から続く雪が台無しにしている。

暖房の効いた講義室を一歩出ると、殺風景な大学の廊下は、寒がりな春哉には結構つらい。体を小さく丸めながら、昼食の約束をしている学食へ急ぐと、いつもつるんでいる友達が大勢で盛り上がっていた。

「あっ、春哉来た。席取っといたぞ」

「ありがと。今日は人数多くない？」

「西岡《にしおか》がみんなを集めろってうるさくてさ。こいつ、後期のテストが終わったら留学するんだって」

「えっ⁉　俺そんな話聞いてないよ」

「俺も俺も。もったいぶりやがって、いいよなあ、語学留学。どうせ向こうで遊ぶつもりなんだろ」

春哉の斜め前の席に座っていた西岡を、左右の友達が小突いている。馬術部で鍛えている細マッチョな体で抵抗しながら、西岡は笑った。

「遊ぶヒマなんかねーよ。大学の単位の代わりに、向こうのビジネス英語の単位を取るんだから」

留学先で取得した単位は、大学のルールで、通常の単位として認められることになっている。春哉のゼミの先生も、海外でビジネス英語を習得することを奨励していて、そのために留学している先輩が何人かいた。

「西岡、留学先ってどこ？　どのくらい行ってんの？」

「ロンドンに半年間。カナダのバンクーバーと迷ったんだけど、馬って言えば、イギリスだから。本場で馬術もやってこようと思ってるんだ」

「やっぱり遊ぶつもりだぞ、こいつ！」

「ロンドンか――」

春哉は頭の中に浮かんだ地球儀を、西側へ半分回した。世界的なビジネスの街ロンドンは、経営学部の学生には馴染み深い。でも、春哉の頭の中の地球儀は、イギリスからドーバー海峡を隔てたフランスへと、視点を移していた。

（ロンドンなら、ここよりはボルドーに近い。……留学か。今まで考えたこともなかった）

フランスの隣の国へ旅立つ友達を、羨《うらや》ましくないと言えば嘘になる。留学をすれば、春哉も葛城に会いに行けるのだ。

（この間、もう葛城さんに甘えないって決めたのに。何考えてんだ）

意志の弱い自分に、自分で苛《いら》ついて、春哉は席を立った。友達どうしの楽しい昼休みを過ごす気分には、今はなれない。

「春哉、どした？　今日は午後休講だろ。西岡の奢《おご》りで、これからみんなでボウリング行くんだけど」

「おい、誰が奢るっつったよ」

「ごめん、俺用があるから、パス。また今度な」

ノリが悪いぞ、と文句を言っている仲間たちを学食に残して、春哉は一人で、雪の降る屋外へ出た。このまま降り続けたら、大学の敷地の道路は全部雪で埋まりそうだ。

「ボルドーも冬は雪が降るのかな――」

あの葡萄畑が雪に覆われたら、真っ白で広大な景色が出来上がるだろう。その光景を想像するだけで、今すぐボルドーへ行きたくなる。正門前の停留所からバスに乗り、春哉は携帯電話を取り出して、未返信のまま溜《た》まっている葛城のメールを開いた。

春哉が帰国をしてから、最初は二日に一通のペースで届いていたメールも、今は鳴りを潜めている。原酒の利き酒をした日に、春哉が返信をしなくなってからは、葛城のメールは四、五日に一通、そして一週間に一通になり、やがてゼロになった。

（当たり前だ。俺が一方的に、葛城さんのことを無視したみたいになってるんだから）

最後に彼のメールが届いてから、もう十日が経っている。自分から連絡を取ろうと思っても、一度タイミングを失うとどうしていいのか分からなくて、結局春哉は沈黙しているしかなかった。

（……葛城さん、怒ってるのかな。だから、もう連絡をくれなくなったのかな……）

葛城のことは、いつでも春哉の頭から離れない。二人の間の、空白の時間が長くなれば長くなるほど、彼の存在は大きくなっていく。メール一通送る勇気もないくらい、葛城は春哉の中で膨らんでいて、まるで破裂寸前の風船のようだった。

（ボルドーにいた時は、こんな風じゃなかった。葛城さんのことを考えてると、だんだんつらくなってくる）

今もボルドーで暮らしている葛城は、春哉のことをどう思っているのだろう。うじうじ考え込むくらいなら、メールでも電話でもすればいいのに、葛城を怒らせるのが怖くて何もできない。日本酒とワイン、酒で葛城と繋がっているはずの春哉は、重たく垂れ込めた雪空に邪魔されて、彼の心を知ることができなくなっていた。

正門前の停留所から、郊外行きのバスに揺られて三十分後。鼻までマフラーで覆って降車した春哉は、轍《わだち》のついた道をとぼとぼと歩いて、自宅へ帰った。市街地にある大学よりも、田園ばかりで建物の少ない地元の街の方が、よく雪が積もる。手袋をしていてもかじかむ指で、春哉は玄関のドアを開けた。

「――ただいま」

「お帰りなさい」

夕方のこの時間は家事をしている母親が、忙しそうに出迎えてくれた。

「寒かったでしょ。事務所の給湯室に甘酒があるわよ」

「久しぶりだね、母さんが甘酒作るの」

「従業員の間で風邪が流行《はや》ってるのよ。予防のために春哉も飲みなさい」

「うん」

寒がりの春哉には、体を温めてくれる甘酒はありがたい。うがいと手洗いをして、就業時間の過ぎた事務所に顔を出すと、由真が一人で残業をしていた。自分のデスクでタブレット端末を覗き込んで、何故だか頰を赤くしている。

「ただいま。熱でもあるの？　もしかして風邪を流行らせてんの、由真ねえちゃん？」

「あっ、春ちゃん！　ちょっとこれ見て！」

由真は興奮した様子でそう言って、春哉のところへ駆け寄ってきた。どうやら残業をしている訳ではなかったらしい。

「何？　――フランスのニュースサイト？」

「さっき偶然見付けたの。ほら、これっ、ここ見て。すごい記事が載ってる！」

「え……？」

翻訳ソフトを使った固い日本語の記事と、タブレットの画面の半分を占める大きな写真。春哉はそこに映っていた人を見つめて、はっとした。

（葛城さん）

髪を後ろへ撫でつけ、黒いタキシードを着た葛城が、同じタキシード姿のフランス人男性と握手を交わしている。握手をしていない方の彼の手には、クリスタルガラスでできたトロフィーが握られていた。

「葛城さん、フランスのワインのコンテストで優勝したんだって！　とても権威のあるコンテストで、日本人の優勝は初めてみたい。すごくない？」

「う、うん、すごい、ね」

「ボルドーでみんなで飲んだ『シャトー・ラ・リュヌ』が、フランスで一番おいしいワインに選ばれたのよ！　葛城さん、やっぱりかっこいい…っ。日本でももっとニュースになればいいのに！」

声を弾ませる由真とは反対に、春哉は食い入るように写真と記事を見つめて、無言になった。

誇らしげな笑顔を浮かべ、トロフィーを高く掲げる葛城の姿は、写真の中の誰よりも華々しかった。タキシードの輪郭が光り輝き、まるで成功者を絵に描いたように、彼にだけスポットライトが当たっている。別の写真を見ると、コンテストの表彰式後のパーティーで、葛城は綺麗《きれい》なドレス姿の女の人たちにもみくちゃにされていた。

（試飲会の時よりも、たくさんの人が葛城さんを囲んでる。葛城さんはフランスの人たちからも尊敬される存在なんだ）

日本人で初めての優勝に輝き、ハグや乾杯で祝福されている葛城は、春哉が知っている彼とは違う。葡萄の摘み方を教えてくれた、温かくて実直なシャトーのオーナーではなく、春哉とは遠い世界に住んでいる、セレブな人だった。

（俺の知らない葛城さん……。こんなに華やかな人が、碌にワインも飲めない俺のことを、いつまでも気にかけてくれる訳ないよ）

記事の中の、コンテストが開かれた日付を見て、春哉は確信した。その日は、親戚たちと原酒の利き酒をした日。パリに用事で来ている、と、葛城からメールがあった日だ。

（用事って、このことだったんだ。でも、優勝したなんて、葛城さんのメールには一言も書いてなかった。こんなすごいニュースなのに、俺には何も教えてくれなかった）

もし教えてもらっていたら、葛城と一緒にコンテストの優勝を喜ぶことができたはずだ。

葛城がそうしなかったのは、彼が春哉のことを、自分に無関係な人間だと考えているからだ

ろう。

（……葛城さんは、俺のことを怒って連絡をくれなくなったんじゃない。俺のことはもう、どうでもよくなったんだ）

葛城の中から、春哉の存在は抜け落ちてしまったのかもしれない。彼と春哉の関係は、ボルドーにいた間だけの一過性のものだった。夏の思い出のように、楽しい時間が終わったら消えていく、儚《はかな》い関係だったのだ。

（十年でも、二十年でも、俺のことを待ってるって言った。葛城さんのあの言葉も、あれきりのことだったのかな――）

別れの夜の、溶けるように優しくて、静かだった葛城の瞳を、春哉は思い浮かべた。

あの時、春哉が受け止められなかった葛城の気持ちは、どこかへ消えてしまったのだろうか。――いつまでも君のことを忘れない、と、彼は誓うように言ったのに。ボルドーで過ごした日々は幻のように遠く霞んでいて、春哉は葛城のことを信じられなくなっていた。

「ねえ春ちゃん、葛城さんに何かお祝いを贈ろうよ。『春乃音』の新酒がいいかな。フランスまでちゃんと温度管理できるなら、断然、生酒がいいんだけど」

テンションの高い由真の声が、雑然とした事務所の天井に反響している。いつか葛城が日本へ帰国した時、この新潟に立ち寄ってもらって、地元でしか飲めない生酒を一緒に飲もうと約束をした。

もうきっと叶うことのない約束が、宙ぶらりんに、春哉の胸の奥を傷付ける。葛城のそばにいると、いつもどきどきしていたそこが、痛い。痛くてたまらない。まるで、触れたらたちまち脆《もろ》く崩れる、酒の醪《もろみ》のようだ。不確かなことで過敏になって、自分を守ることで精一杯で、葛城のことばかり責めてしまう。

「ちょっと春ちゃん、話聞いてる？　どうしたのよ、さっきから暗い顔して。葛城さんのワインが認められたの、嬉しくないの？」

「……別に、俺は、ワインには、興味ないから」

「何よ、もーっ。あれだけ葛城さんにお世話になっといて、ちょっとひどいんじゃない？」

ひどいのは、葛城の方だ。由真にそう言い返したいのを堪えて、春哉は踵《きびす》を返した。

「春ちゃん？　どこに行くの」

「――車、取ってくる。由真ねえちゃんの家まで送るよ。近所でも、雪がひどくなる前に帰った方がいいだろ」

「あ…、そうねえ。ありがとう」

「ううん。配達車の鍵《かぎ》、貸して」

ぐちゃぐちゃな頭を落ち着かせるのに、方法は何でもよかった。車の鍵を預かって事務所の外へ出ると、雪混じりの風がびゅうっと吹き付けてくる。春哉は首を竦めて、配達車を停めてあるガレージへ急いだ。

「……寒い……」

暖房のまったくないガレージに着いてから、自分が上着を羽織っていないことに気付く。凍えるような寒さが、葡萄畑で雹の嵐に襲われた時のことを思い出させた。たった一人で助けに来てくれた葛城は、春哉を強く胸に抱いて、冷え切った体をキスで温めてくれた。

「あの写真の葛城さんは、葛城さんじゃない」

互いの体温を感じられるほど近かった、ボルドーで一緒に過ごした葛城と、トロフィーを手に人々の賞賛を浴びる葛城が、春哉の頭の中でうまく繋がらない。春哉とは遠い世界で、カメラのフラッシュを浴びている彼は、同じ顔をした別人だった。

「——俺が知ってる葛城さんの方が、好きだ」

車の運転席に座った春哉は、氷のように冷たいハンドルに突っ伏して、囁いた。何気なく唇から零《こぼ》れた自分の想いに、瞠目《どうもく》する。

好き。——好き。一瞬、雪で染まったように真っ白になった頭に、すとん、と、答えが落ちてきた。

「俺、葛城さんのこと……」

ハンドルに触れていた春哉の唇が、俄かに震え出す。葛城のキスを思い出したように、熱く疼《うず》き始めたそこを、春哉は噛んだ。

(ずっと、好きだったんだ。自分の気持ちを分かっていなかっただけで、俺は、あの人のこ

したい。

鈍い頭で考えるよりも、唇の方がずっと正直だ。葛城のことが好きだから、今も、キスがしたい。

切ない痛みが、春哉の唇から体じゅうへと広がっていく。初めて葛城にキスをされた時、嫌だと思わなかった。それからは何度唇を重ねても足りなくて、もっとしてほしいと思った。求めていたのは葛城だけじゃない。春哉も同じだ。こんなに簡単な答えだったのに、自分の気持ちが恋だと分かるまで、遠回りをしたことがもどかしい。

(ボルドーに帰りたいよ、葛城さん。俺のことを好きだって言ってくれた、あの時に戻って、葛城さんに、俺の気持ちを伝えたい)

でも、過ぎてしまった時間はけして戻せないということを、春哉は分かっていた。だから、これから先のことを願うしかなかった。

「もう一度、葛城さんに会いたい。俺のことを、もう一度好きになってほしい――」

ワインの熟成を待つように、十年でも、二十年でも、その日が来るのを待っている。葛城と同じ言葉を、心の中で呟いて、春哉は車のエンジンをかけた。

数日の間続いていた雪が降り止《や》んだ、冬晴れの日だった。年の瀬の慌ただしい空気が、大小の蔵元を抱えるこの街を包んでいる。新酒をたくさん積んだ『月村酒造』の配達車も、近隣の得意先へと向かい、数台がフル稼働していた。

「今日はあと何軒？」

「もう小野原《おのはら》さんのところだけですよ」

「小野原酒店さんか。うちと一番付き合いが長いのに、最後になっちゃったな」

「すみません、ちょうどあそこの店が、配達の帰り道の途中にあるんで。大学がお休みのところ、一日中お疲れさまでした」

「お疲れさま。あんまり役に立ってないけどね」

配達車の助手席で、春哉は苦笑した。営業担当の従業員が、いえいえ、と隣で首を振る。

「毎年、仕事納めの日は坊ちゃんがいないと。得意先のお客さんたちも、坊ちゃんが挨拶して回ってるのを、楽しみに待っててくださってるんですよ」

「本当？　だったら嬉しいけど」

まだ小学生だった頃、猫の手も借りたい仕事納めの日に、たまたま父親が春哉を連れて挨拶回りをしたことがあった。意外にもそれが得意先に好評で、毎年この日は『将来の五代目社長の顔見せ』をして回るのが恒例になったのだ。

タイヤで踏み固められた車道の雪が、フロントガラスの向こうの街並みに続いている。数日前までは、街灯にクリスマスの電飾が輝いていて、田舎のメインストリートもそれなりに華やかだった。キリスト教の国の街なら、もっと華やかだろう。

（フランス語では『Noël』か。葛城さんはクリスマスをどんな風に過ごしたんだろう）

ボルドーの街も、イルミネーションに包まれただろうか。ワインはクリスマスに映える飲み物だと思う。誰かのワイングラスに、葛城が『シャトー・ラ・リュヌ』を注ぐ姿を想像すると、春哉の胸が、きゅっ、と引き攣れた。

（ボルドーで会ったのは夏だったのに、新潟は雪で真っ白だよ、葛城さん）

大学と仕事の手伝いで忙しくしているうちに、葛城からの連絡が途絶えたまま、年が変わろうとしている。彼のワインがフランスのコンテストで優勝したというニュースは、いつの間にかネットで拡散して、日本の酒造業界を沸かせた。彼の名前が広く知られるようになって、由真や春哉の両親は、手放しで喜んでいる。ボルドーで土産《みやげ》に買った『シャトー・ラ・リュヌ』は、とっくに三人が飲み干してしまっていて、春哉の口に入ることはなかった。

（……一口くらい、『シャトー・ラ・リュヌ』を飲んでおけばよかった。俺のワイン嫌いを治そうとして、葛城さんは、あのワインを使った料理ばっかり作ってくれたな）

赤いベリーのようだった、ワインソースをかけたアイスクリームに始まり、朝食のトーストにはワインジャム、夕食にはワイン煮込みの肉料理と、何でも手作りで食べさせてくれた。楽しかった思い出だけを、記憶から抽出しているのに、胸の痛みが治まらない。葛城に会いたくてたまらなくなって、配達車の助手席で膝《ひざ》を抱えそうになるのを、春哉は堪えた。

(まだ——駄目だ。葛城さんに会う資格なんかない。あの人に甘えずにいられるようになるまで、我慢しなきゃ)

葛城が遠い世界に住んでいるのなら、そこへ近付くためにはどうすればいいのだろう。自分にできることは、『月村酒造』の跡取りとして認められることしか、春哉は思い付かなかった。

周囲の誰もが納得するような、立派な五代目社長になるために、葛城のいない場所で一人でがんばりたい。ワインの本場で認められた葛城と対等な、世界に日本酒を売り込むビジネスマンになれたら、その時にボルドーまで彼に会いに行こう。子供っぽい行為だと笑われたとしても、夢が叶うまで自分から連絡を取らないと決めたのは、春哉なりの意地だった。

ゆっくりとスピードを落とした車が、地元で唯一の商店街へと入っていく。アーケードのない、とても小さな商店街だ。停車した小野原酒店の前には、門松が飾られていた。

「ここの配達が済んだら、先に帰っててていいよ。今日は事務所の納会だろ?」

「いいんですか?　アシがないと大変ですよ」

「のんびり歩いて帰るから大丈夫。——ごめんくださーい。いつもお世話になってますー、『月村酒造』ですー」

自動ドアが開くと、子供の頃から春哉のことを知っている小野原酒店の主人が、紺色の前掛け姿で迎えてくれた。

「春ちゃん、いらっしゃい」

「こんにちは。ご注文をいただいた『春乃音』の新酒と、『華誉れ・スパークリング』をお届けに上がりました」

「いやだよう、かしこまっちゃって。倉庫の方の冷蔵庫に入れておいてくれる？」

「はい」

一升瓶《びん》が六本入った木箱と、四合瓶が五本入った段ボールを、それぞれ十箱ずつカートに積んで倉庫へ運んでいく。今年最後の配達を終えて、従業員を帰した春哉は、一人で店の方へと戻った。

「小野原さん、これ、伝票と粗品ですが来年のカレンダーです。今年もご贔屓《ひいき》ありがとうございました。来年もよろしくお願いします」

「こちらこそ、来年もよろしくね。春ちゃん、上がって一杯飲んでってよ。九州のちょっといいのが手に入ってねえ、うちの奴がどうしても春ちゃんにごちそうしたいって」

「あ…、すみません。じゃあ、少しだけ」

この店のレジの奥は、すぐに自宅部分の畳の居間になっている。主人の奥さんや、お祖母《ばあ》さん、小さな孫たちが春哉のことを待っていて、炬燵《こたつ》のテーブルの上には、酒器とつまみの料理がもう用意されていた。

「こんにちは。お邪魔します」

「いらっしゃい。春ちゃんまだかなあって、みんなで首を長くしてたのよ」

「はるやにーちゃーん」

春哉を見るなり、突進してくる孫たちがかわいい。小さい友達を両脇《りょうわき》に抱えて、春哉は炬燵に腰を下ろした。

振る舞ってもらった九州の地酒は、新潟のものよりも少し甘めで、米の味がしっかりとした逸品だった。この酒屋の主人は、近くで日本酒バーも経営していて、全国津々浦々の地酒に精通している。主人にレクチャーを受けるのが楽しくて、酒談義が弾み、春哉はつい長居をしてしまった。

配達に来たのは昼間だったはずが、ふと気付くと、もう夕方になっていた。陽の短いこの季節は、表の通りがあっという間に薄暗くなる。春哉が炬燵から腰を上げる頃には、酒を買い求める客もまばらになり、商店街には店仕舞いのＢＧＭが流れ始めていた。

「すみません、長居しちゃって。ごちそうさまでした」

「はるやにいちゃん、ばいばーい。またあそびにきてね」

「ありがとう。ばいばい、ちびたち」

「四代目とお母さんによろしく言っておいて。年明けはバーの方で新年会をやるから、みんなでまた寄ってよ」

「はい、ぜひ」

居間から店先へと、少し酔った足で移動する。炬燵の温《ぬく》もりが残った体に、『月村酒造』のロゴ入りのブルゾンを羽織っていた春哉は、ワインが並んだ商品棚に、ふと目を留めた。

（……あれ……？）

見覚えのあるラベルを凝視して、ぱちぱち、と瞬きをする。

酔いが見せた錯覚じゃない。間違いない、『シャトー・ラ・リュヌ』のラベルだ。

「小野原さん、このワイン、どうして――」

「ああ、それねえ、フランスの何とかっていうコンテストで優勝したワインなんだよ。ボルドー在住の日本人が造ってるんだ」

その日本人のことは、春哉の方がよく知っている。日本ではほとんど流通していないはずの『シャトー・ラ・リュヌ』が、何故ここにあるのだろう。春哉は思わずボトルを手に取って、２００３、と年号が記してあるラベルを覗き込んだ。

「そのワイン、今ちょっと評判になっててさ。ツテのツテを頼って、うちも少しだけ仕入れてみたんだ。さすがボルドー産だね。フルボディの赤ワインの割りに、飲み口はクセがなくてうまいよ。２００３年ものと２００７年ものを仕入れて、もうそれ一本しか残ってないんだけど、次の注文からは正規の代理店が取り扱ってくれるって」

「正規の代理店。じゃあ、このワインは日本でも手に入りやすくなるってことですか」

「うん。お客さんの評判がよかったから、また店に並べるつもりだよ。春ちゃん、ワイン好きだったっけ？」

「いいえ。ワインは苦手です。……でも、このワインだけは、特別なんです」

掌にしっとりと馴染む、黒いガラスのボトル。ボルドーにいた頃、毎日見ていた洒落《しゃれ》たラベル。棚に戻そうとしても、春哉はそのワインをどうしても手放せなくて、買って帰ることにした。

「怒られないかなあ、蔵元の五代目にワインを売っちゃっても」

「うちの家族は、俺以外はみんなワインが好きだから、平気ですよ。それじゃ、俺はこれで失礼します」

「送って行かなくていいのかい？」

「はい。酔い覚ましながら帰ります。よいお年を」

風呂敷でラッピングしてもらった『シャトー・ラ・リュヌ』を手に、春哉は店を出た。静かな商店街を抜けて、凍った雪道を一人で歩く。陽射しのあった昼間は少し暖かかったのに、街灯の下をほんの十分も進むと、足元から冷気が立ち上ってきた。

（けっこう酔ってるのに、寒い……）

何杯も酒を飲んでいなければ、きっと『シャトー・ラ・リュヌ』を買おうとは思わなかった。酔いが醒《さ》めたら後悔するかもしれない。飲めもしないワインを買って、いったいどうするんだ、と。

「生まれて初めて、自分でワインを買ったよ、葛城さん」

リボン結びになっている風呂敷の持ち手を、ぎゅっと握り締めて、春哉はそう独り言を呟いた。

思いもかけない場所で見付けたワインを、どうしても商品棚に残しておく気にはなれなかった。春哉をそうさせたのは、ボルドーで過ごした時間を懐かしむ感情とは違う。今この瞬間も、葛城とほんの少しでも繋がっていたいからだ。

ずっと我慢をしていたのに、酔ったせいで箍《たが》が外れた。剝《む》き出しになった正直な気持ちは、まっすぐに葛城のことを求めている。

（葛城さんは、『シャトー・ラ・リュヌ』を日本でもっと広めたいって言ってた。あの人の夢が、一つ叶ったんだ）

世界に日本酒を広めたい春哉と、葛城の夢は似ている。でも、自分よりも一歩先に行った彼の背中を、春哉は見失ってしまった。

ボルドーから遠く離れたこの街に、葛城はいない。どんなに目を凝らしても、街灯が照らす道の先には、葡萄の木すら生えていなかった。

「……葛城さん……」

何て心細い声だろう。唇から零《こぼ》れ落ちた自分の声に、自分でびっくりする。

遮るものもなく夜風が吹き抜ける、商店街からも住宅地からも離れた田舎道《いなかみち》。雪に覆われた田園の真ん中の、昔から通い慣れたその道で、春哉は足を止めた。

一人は寒くて、寒くて仕方なくて、足が前に進まない。葡萄畑を嵐が襲った時のように、一歩も動けなくなった春哉は、温まるものを欲して自分の左手を見つめた。指が白くなるほど握り締めていたその手を解《ほど》いて、風呂敷のラッピングの中から、『シャトー・ラ・リュヌ』を取り出す。

「――バカだ、俺。ボトルの開け方も碌に知らないくせに」

このワインを一口飲んだら、寒さを忘れられる気がする。日本酒の熱燗よりも、今はワインがいい。嵐の時に葛城が抱き締めてくれたように、春哉は『シャトー・ラ・リュヌ』を胸に抱いた。

「葛城さん」

ソムリエの指先が紡ぐ、華麗なサーヴに焦がれながら、彼の名前を呼ぶ。ワインと葛城は、春哉の中では混じり合った一つのもので、切っても切り離せない。

「会いたい。葛城さんに、会いたいよ」

コルク栓を覆う、ボトルの上部のキャップシールに唇をつけて、春哉はキスをするように囁いた。

一度堰《せき》を切った想いは、もう止めることはできない。両腕の力を強くして、春哉はワインを抱き締め続けた。葛城が好きだ。彼と釣り合うような、立派な大人になるまで、十年も二十年も待てない。今、会いたい。

春哉の他に誰もいない雪道を、冬の冴《さ》えた月が見下ろしている。銀色の淡い明かりに包まれていた春哉に、眩しい光が二つ、遠くから近付いてくる。エンジン音と、スタッドレスタイヤが雪を削る音で、それは車のヘッドライトだと分かった。

「え……？」

ワインを胸に抱いたまま、春哉は後ろを振り返った。春には大型の農耕機が走るその道を、一台のタクシーがやってくる。春哉が脇へ避けるよりも早く、タクシーは数メートル手前で停車して、後部座席から乗客が降りてきた。

ざくり、と革靴が固い雪を踏み締めた音を、春哉はこの先一生忘れないと思った。

タクシーのドアの陰から現れた、長身の乗客のシルエットも。

こっちへ歩いてきた彼が、暖かそうなコートの裾を、優雅に舞わせたことも。

「そのワインは、温めて飲んではいけないよ」

呆然《ぼうぜん》とした春哉の足元に、風呂敷が落ちた。

偶然か、必然か、鮫小紋《さめこもん》の粋な柄で染め抜かれた風呂敷は、深い赤のワイン色だった。

「ボトルを抱き締めていると、温度の上昇でタンニンの渋味が増してしまう。君の繊細な舌には合わない」

「葛城さん……」

声が震えてしまうのを、春哉はどうすることもできなかった。真冬の雪道に立ち尽くす寒さを、跳ねた鼓動が掻き消していく。タクシーがUターンをして去って行くと、月明かりに照れされた二人を、静寂が包んだ。

「そのワインに最もふさわしい飲み方を、私が教えてあげよう」

「……どうして、ここに？　葛城さんが、どうして……っ」

「君に一目会いたくて、フランスから飛んできた。樽詰めをする直前のワインを置いて、私がボルドーを離れるのは、『シャトー・ラ・リュヌ』のオーナーになってから初めてだ」

苦笑混じりに、くす、と彼が微笑むのを、春哉はボルドーで何度も見た。葛城ほど自分のワインを愛し、大切にしている人はいない。その彼が今、ボルドーを離れた意味を、蔵元で生まれ育った春哉だけは分かる。

「駄目じゃ、ないですか。仕込みの途中に、ワインから目を離すなんて。日本酒の杜氏なら絶対にしない」

「もうこれきりにする。誓うよ。ワインよりも大切だと想える人は、君一人だけだ」

「俺、だけ」

「空港で春哉を見送ってから、今日まで、君がそばにいてくれた頃のことばかり思い返していた。春哉、君のいないボルドーは、まるで完成しない絵のようだね。何をしても満たされなくて、ワインの味まで霞んでしまう」

「う、嘘だ。俺のことなんか、どうでもいいんだろ。有名なコンテストで優勝したって……。

葛城さんは、俺にそのことを少しも教えてくれなかったくせに」

「君はまだ、『シャトー・ラ・リュヌ』の味を知らない。たとえコンテストで認められても、好きな人に飲んでもらえないワインは、落選と同じだ。だから、君にはあえて言わなかったんだ」

「落選――？」

「君においしいと言ってもらえて初めて、私のワインは、本当の価値を見出《みいだ》せる」

葛城の熱い言葉に揺さぶられながら、胸に抱いたままのボトルを、春哉は切なく見下ろした。ワイン造りに真摯に取り組む彼は、優勝にふさわしい。

「落選なんかじゃ、ないです」

「春哉……」

「俺は、生まれて初めて自分からワインを買いました。ワインが嫌いな俺に、飲んでみたいって思わせる、葛城さんの『シャトー・ラ・リュヌ』は、すごいワインです」

温めてはいけないと言われたのに、春哉は胸の中のボトルを、もう一度抱き締めずにはいられなかった。

春哉の前に、優しい眼差しで見つめている葛城がいる。彼に、とっくに忘れられていると思っていた。でも、それは春哉の思い違いだった。

「葛城さん。俺一人じゃ、コルク栓の開け方も分かりません。俺と一緒に、このワインを飲んでください」

「ああ。春哉と『シャトー・ラ・リュヌ』を飲むことが、君と出会った時からの私の願いだった。私は、その願いを叶えるために、ここに来たんだ」

「……はい……っ」

葡萄畑で二人で過ごした、ひと夏のかけがえのない時間。甘い思い出に背中を押されて、夢中で駆け出す。

「葛城さん——!」

「春哉」

雪に足を取られるのもかまわずに、両腕を広げた葛城のもとへと、春哉は飛び込んだ。

自分と同じリズムで打ち鳴らしている、厚いコートの下の葛城の鼓動。ワインの香りが微《かす》かに混じった彼の匂《にお》い。春哉を離すまいと、力強く抱き締めてくれる両腕。葛城の全てを感じながら、春哉は正直な想いを打ち明けた。

「会いたかった。ずっと…っ、葛城さんに、会いたかった」

「私も同じだ。君からの連絡が途絶えて、嫌われてしまったのかと思った。帰国の機会を探しているうちに、いつの間にか雪の季節になっていたよ」

「葛城さんも、俺に、会いたかった、の。メールもしなかった俺のことを、怒ってないんですか」

「少しも。迷ってなんかいないで、すぐにここへ来るべきだった。君が私のワインを抱き締めているなんて――。さっき、タクシーの中で君を見付けた時は、息が止まりそうだった」

「葛城さん」

「ごめん。十年でも二十年でも君を待つと言ったのに、嘘になってしまった。待つことなんて、私にはできなかったんだ。君に対してだけは、私はせっかちになってしまう」

春哉の髪を、葛城の吐息が白く染めている。せっかちは彼だけじゃない。葛城に伝えたかった、たった一つの言葉が、春哉の唇から溢れ出す。

「俺も、待てない。葛城さんのことが好き。好きです」

「先に言わないでくれ。君が好きだ。愛している」

「嬉しい――。俺のことを、葛城さんの恋人にしてくれますか」

「春哉、いいのか。もうこの間のように、君は引き返すことはできないよ」

「いい、です。自分の気持ちに気付いたから、引き返したりしない。俺は葛城さんのそばにいたい」

「いとおしい春哉。君のことを二度と離さない。絶対だ」

葛城の腕に包まれながら、春哉は頷いた。月明かりに照らされた彼は、幸せそうな笑みを浮かべている。上品な弧を描くその唇に、春哉は早く触れたくてたまらなかった。

　葛城の指に操られて、ソムリエナイフの刃が円を描く。キャップシールを優雅に外した彼は、コルク栓にスクリューを差し込むと、中身のワインを何年も封じていたそれを、そっと引き抜いた。

「……すごい。香りが、一気に目覚めた感じ……」

　窓に映り込んでいた夜景に、瞳を大きく見開いた春哉の横顔が重なる。大学の友達と忘年会をすると嘘をついて、外泊を許してもらった春哉は、葛城が予約をしていた市内のホテルに身を寄せた。彼を家に連れて帰ったら、きっとその場で宴会が始まってしまう。再会できた今夜だけは、葛城のことを独り占めしたくて、春哉は家族に嘘をついたことを後悔しなかった。

「まだだよ。本当の目覚めは、ワインと空気が触れ合ってからだ」

　ベッドサイドのテーブルに置いていたデキャンタへと、静かな音とともにワインが注《つ》がれる。ガラスでできた、その底の丸い器を初めて見た時、春哉は大きなフラスコのようだと思った。

デキャンタも、ソムリエナイフも、葛城がボルドーから持参してきた愛用品だ。ホテルのフロントに頼んで、部屋に用意してもらった二つのワイングラスに、彼は極上の赤ワインを注ぎ分ける。

「香りがどんどん広がっていく。ワインの色も、それに合わせて澄んでいくみたい」

「君は目がいいね。デキャンタージュで澱《おり》を取り除いたから、澄んで見えるんだ。——2003年産の『シャトー・ラ・リュヌ』は、三十年もののヴィンテージにも引けを取らない、滑《なめ》らかな口当たりを特徴としている。自信を持って君に薦めるよ」

春哉が買った、酒屋に一本だけ残っていたワインを、葛城はそんな風に評した。訳もなく誇らしい気持ちで、どきどきとグラスの細い脚を指に取り、唇へと近付ける。

「いただきます」

「乾杯を忘れているよ、春哉」

「え?」

「目を閉じて」

葛城の唇が、ひそやかに囁きながら、春哉の唇を奪う。乾杯の代わりの優しいキスは、瞬《また》く間に唇を蕩かす熱いキスへと変わって、春哉のグラスを持つ手を震わせた。

「ん……っ、んう……、んっ」

何ヶ月も葛城に触れていなかったから、心臓が暴れて、息継ぎもままならない。歯列を甘く侵してきた彼の舌に、自分の舌を絡めて、懸命についていく。

唇も、口腔の奥も、熱くて熱くて仕方なかった。熱が飽和する前に、冷たい何かで潤したい——春哉がそう思ったと同時に、葛城の方から、キスが解けた。

「ごめん。ずっと君に触れたかったから、性急なことをしたね」

「ううん、葛城さんとキスができて、嬉しい、です」

「あんまり素直に言われると、照れてしまうよ。君のことが大好きだ」

「葛城さん、俺も……っ」

赤く上気した春哉の頬に、葛城はまた唇で触れてくる。上がりっ放しの春哉の体温に気付いたのか、短いキスの後で、彼は微笑んだ。

「ワインをどうぞ。グラスの中で、ちょうど飲み頃になっているから」

「はい」

ソムリエの彼に導かれるようにして、春哉はワイングラスを持ち上げた。まろやかになった香りを確かめてから、一口飲んでみる。

するりと舌の上を撫でたワインは、空気と混じり合って、春哉の苦手な渋味を打ち消していた。キスで熱くなっていた春哉の口腔は、常温のワインを冷たく感じさせて、心地いい喉越しを演出している。

「何……これ。おいしい……っ」

もう一口飲んで、春哉は瞳を丸くした。本当においしい。赤ワインは体が受け付けないと思っていたのに、もっと飲みたくなる。

「葛城さんの赤ワインだから、俺にも飲めるのかな。葡萄が生きてるみたいで、すごく優しい味がする。俺、このワイン好きです」

「ありがとう。コンテストで優勝するよりも、君に気に入ってもらえて嬉しいよ」

「あの…、おかわりしても、いいですか」

「後でまたサーヴしてあげる。——ワインはゆっくり楽しめるけど、君とのキスは、待てないからね」

情熱的なその睦言《むつごと》が、春哉の顔じゅうを、かっと赤くさせた。

春哉の手からグラスが掠《かす》め取られ、淡いスタンドの明かりに照らされた視界の外へと消えていく。グラスの行方を最後まで確かめられなかったのは、春哉の瞼を、葛城が唇で塞いだからだ。ことり、とサイドテーブルの上で小さな音がしたけれど、春哉の耳が役に立ったのは、そこまでだった。

「……あ……っ、ん」

瞼にキスをしていた葛城の唇が、いつの間にか、春哉の耳の端を齧《かじ》っている。はむ、と柔らかく食《は》んでは、耳の裏側を舌でなぞられて、春哉の体から力が抜けた。

「は…っ、ああ……」

ぞくぞくと体を震わせながら、春哉はのけぞるようにして、部屋の天井を仰いだ。無防備に曝した白い喉に、葛城の指先が触れてくる。

シャツのボタンを次々と外され、胸元へ彼の掌が忍んできても、春哉は怖いとは思わなかった。心臓の上をゆっくりと撫で回す手に、春哉の吐息が落ちていく。同時に耳孔を舌で弄《いじ》られると、吐息は濃密な溜息になった。

「んう……っ。は、…はっ、……んあぁ……っ、そこ、だめ――」

「春哉、君は耳が弱いんだね」

「あっ、あぅ、耳の中で、話さ、ないで」

「君に好きと囁くのもいけない?」

「ああ……っ、だめじゃ、ない、けど、や……っ」

耳孔に差し込まれた舌先の感触と、葛城の声の響きとで、頭の奥まで掻き回された錯覚がする。体の内側で湧《わ》き起こった疼きは、あっという間に春哉の下腹部へと集まり、スラックスを窮屈にさせていた。

「ん……、ん、あ……っ、俺――俺」

耳がこんなに弱くて、いやらしく感じる場所だなんて、自分でも知らなかった。がくがくと痙攣《けいれん》した春哉の体が、好きだよ、愛している、と唱え続ける葛城の声に蕩かされて、ベッドへ崩れ落ちていく。

スプリングを軋ませながら、深くベッドに埋まった春哉を、葛城はいとおしげに見下ろした。彼の漆黒の瞳の奥には、春哉を欲しがる男っぽい熱情がある。敏感にそれを受け止めた春哉は、脱げかけだったシャツを左右へ開いて、自分から誘うように、スラックスのベルトを緩めた。

「葛城さん、俺も、葛城さんのことが、好き」

「春哉――」

「だから、今度は、途中でやめないでください。俺が震えたりしてても、興奮してる、だけだから……っ」

ウェストを寛げると、春哉の膨らんでいるところが露《あら》わになる。下着を突き上げる大きさになっているそこに、葛城の視線が向けられた。

肌がびりびりするほど恥ずかしいのに、もっと見て、確かめてほしい。自分がちゃんと、好きな人を求めていることを。

「春哉。君の全てに触れてもいいか？」

「は、い。たくさん、触って。この間、できなかったことも、全部してください」

「ああ。君はなんてまっすぐで、かわいい人なんだ……」

覆い被《かぶ》さってきた葛城に、視界の全てを奪われる。春哉の唇に何度目かのキスをして、葛城は長い指をタクトのように伸ばした。春哉のベルトをがちゃりと鳴らし、スラックスを脱がせていく。膝から下を滑っていった生地の感触が、春哉に後戻りができないことを教えてくれた。

「んっ、……んく、葛城、さん、……ああ……っ」

葛城の大きな手が、下着越しに春哉の膨らみを包み込む。怖がらせないように、そっと揉《も》みしだく仕草に、彼の深い愛情を感じた。

「は……っ、あ、ん……っ、ん」

鼻にかかった悩ましい声が、恥ずかしさを煽《あお》って、春哉をいっそう敏感にしていく。手の動きに合わせて、がくん、がくん、と腰を振り始めた春哉に、葛城は何度もキスを与えて囁いた。

「気持ちいいんだね。こうしていると、君がどんどん熱くなる」

「と――止まらなくて、俺……、どうしたらいいですか……？」

「感じたままでいい。君は何も飾らなくていいんだよ」

ぎゅう、と少し強い力で握られて、春哉の中心が硬さを増す。そのまま手を上下に動かされると、たまらない心地よさとともに、湿ったような布の感触が伝わった。

「あ……、何――？　俺の、が、変になってる……っ」

「濡れているんだよ。下着から染み出して、今にも溢れそうだ」

葛城に丁寧な口調で説明をされると、惑乱してどうしていいのか分からなくなる。戦慄《わなな》く膝を擦《こす》り合わせ、興奮を隠そうとした春哉を、葛城は窘《たしな》めた。

「駄目だ。君が感じているところを、全部私に見せて」

「でも――」

「もう隠し切れないよ、春哉」

徐《おもむろ》に、葛城の指先が下着の奥を探った。しっとりと濡れていたそこを、彼に直《じか》に触られて、春哉の腰が大きく跳ねる。

「……ふあ……っ」

ぶるんっ、と天を向いた屹立《きつりつ》に、激しい羞恥を覚えて、春哉はシーツを握り締めた。無意識にのけぞった半裸の肢体が、葛城の興奮をも煽るということを、春哉は理解できていなかった。

葛城がベッドを軋ませながら、春哉の腰の方へと体を屈《かが》める。不意に、屹立を掠めた吐息を感じて、春哉は、はっとした。

「葛城さん……っ?」

彼の唇が、濡れた屹立の先端にキスをするのを、春哉は呆然と見ていた。そんなこと、誰にもされたことがない。指や掌よりも、温かくて柔らかい葛城の口腔が、春哉の最も鋭敏な場所を、いやらしく締め付ける。

「ああ――! 駄目……、だめ……っ……! 離してくださ……っ、あぅ……、うっ」

口中で屹立に舌を這《は》わされると、電流のような痺《しび》れが春哉の背筋を駆け抜ける。貴族のような紳士の葛城が、春哉の股間に顔を埋めて、いやらしい水音を立てているなんて。あまりにもくるおしい愛撫に、そのまま達してしまいそうになって、春哉は唇を噛み締めた。

「んくっ、んんっ」

びくん、びくん、と、無理矢理抑え込んだ射精感が、お腹《なか》の奥で渦になる。春哉が必死になって我慢しているのに、葛城は下着と靴下を剝《は》ぎ取ると、形のいい唇を窄《すぼ》めて、屹立を強く吸い上げた。

「んあ、あ……っ、葛城さん——、葛城さん」

止まらない快感が、腰から下をぐずぐずに溶かして、春哉に切ない声を上げさせる。生き物のように動く舌に、屹立のくびれをぐるりと舐められると、固く閉じた瞼の裏が真っ白になった。

「ああ——、だめ、もう……っ、い……っ…いく、いく……っ」

理性を失くした春哉は、本能に押し流されるままに、葛城の口腔の奥で弾《はじ》けた。シーツを力いっぱい握り締めて、どくっ、どくっ、と欲望を放つ。

「……あ……ん、……ん……っ」

眩暈のするような快楽の余韻が、簡単に果てた恥ずかしさも、口淫の罪悪感も、何もかも忘れさせた。は、は、と短い息を繰り返して、春哉が瞼を開けると、頭上から覗き込んでいる葛城と目が合った。

「葛城さん……」

「我慢できなかったんだね、春哉」

濡れた口元を、手の甲で拭っている姿が、彼らしくなく荒っぽい。どこか熱に浮かされた

ような、艶《つや》のある眼差しで見つめられて、春哉の心臓は壊れそうだった。

「俺、葛城さんの口の中に――。ごめんなさい」

とんでもない粗相をしたことを、今更思い出して、春哉は謝った。葛城は緩く首を振って、

ベッドサイドのテーブルに手を伸ばし、飲みかけだったワイングラスを取った。

「夢中で感じている君がかわいくて、手加減できなかった。悪いのは私だよ」

優しくそう言って、葛城は春哉が汚した口中へと、ワインを流し込む。一口分が残ったグ

ラスを、彼は春哉に差し出してきた。

「君もお飲み」

「……はい……」

上半身を軽く浮かせて、吸い寄せられるように、グラスに唇をつける。葛城が手ずから飲

ませてくれたワインは、さっき飲んだ時よりも甘い気がした。

「一口飲んだだけなのに、何だか、くらくらする」

「体じゅうが火照っているから、アルコールの巡りが速いんだ。冷たい水を持ってこようか」

「ううん。水より――葛城さんがいい」

本当に、ワインが一瞬のうちに回ったようだった。春哉は酩酊《めいてい》したように、瞳をとろんとさせて、葛城に抱き付いた。

「大好きです」

「春哉。君は少し酔った方が、甘え上手だね」

ちゅ、とこめかみで鳴ったキスの音が、これ以上ないいくらい幸せな響きに聞こえる。

くすぐるようなキスを、春哉の頬や、顎、首筋にも繰り返しながら、葛城は着ているものを脱いだ。春哉も不器用な両手で、彼がシャツを脱ぐのを手伝う。すると、葛城は春哉の手を引き寄せて、ベルトのバックルに触れさせた。

「君に煽られて、もうつらくなっているんだ。解き放ってやってほしい」

葛城のスラックスの奥は、春哉とは比べものにならないほど、隆々として猛《たけ》っている。ワインに酔っていなければ、彼のそこに触れる勇気なんてなかった。

バックルを外し、スラックスの前立てを遠慮がちに撫でて、硬く屹《た》ち上がっている葛城の形を確かめる。彼の愛撫を思い出しながら、そっと両手で揉み込むと、んっ、と春哉の上から息を呑み込む音がした。

「気持ち、いいですか」

「――ああ」

「葛城さん、の、すごく、熱い。あ…っ、今びくんって震えた」

「君が愛してくれているから。……私も、もっと君に触れたい」

さっき果てたばかりの春哉のそこに、葛城が手を伸ばしてくる。ソムリエナイフを操るような、流麗な指先に搦《から》め捕られて、春哉も息を詰めた。

「んっ、……はぅ…っ、んん」

葛城に触れられた途端、おとなしくしていたそこに熱が点《とも》る。持って行かれそうな意識を、懸命に手を動かすことで集中させて、春哉は葛城を愛撫した。掌に感じる、自分以外の人の欲望。生々しくて、正直で、だからこそいとおしい。大切にしたい気持ちを、春哉は自分の両手に預けて、葛城の屹立を撫で摩《さす》った。

互いの指を濡らしながら、どちらからともなくキスを交わし、限界に向かって高め合う。

二人分の水音が、くちゅっ、ぐちゅっ、と重奏して、ベッドに汗が散った。

「たくさん、濡れて、大きくなってく――」

「君も。……こんなに溢れさせて。下の方まで垂れてきたよ」

「ああ……っ、あ……っ」

春哉の先端から溢れた蜜《みつ》を、葛城の指が追い駆けていく。熱く漲《みなぎ》った根元を伝い落ち、足の間を辿ってお尻の方まで濡らしていた蜜を、葛城は丹念に拭った。

「ゆっくり息を吐いて。春哉」

「葛城さん——？」

「君のここも、私のものにしたい」

春哉がけして目にすることのない、固く窄まった秘所に、葛城の指が触れてくる。ぬるぬるとした感触とともに、その指を窄まりの中へと埋められて、春哉は啼《な》いた。

「ん、あぁ……っ、や……っ！」

粘膜を関節が擦る異物感に、体じゅうが緊張する。まるであやすように、葛城が指で円を描いたから、春哉は震えて息を乱すことしかできなかった。

「……ひぁ……、あ、あ……」

緊張が解けるよりも先に、葛城の屹立に触れていられなくなった春哉の両手が、頼りなく宙を引っ掻く。葛城はその手を、優しく自分の首の後ろへと導いて、春哉にぎゅっとしがみ付かせた。

「春哉、私も全部、君のものだよ」

「葛城さん。俺の中で、葛城さんの指が、動いてる——」

自分の体が、内側から開かれていく。春哉に痛みを与えない、葛城の時間をかけた触れ方が、かえって淫《みだ》らな愛撫になった。ねっとりと粘膜の奥の方を掻き回されると、春哉の視界がまた白く染まる。

「はあ……っ、ん、……んっ！」

「つらいか――？」

「……平気……っ。葛城さんが、擦ったところ、熱い。……熱くて、むずむずする……っ」

「感じているんだね。君の中が柔らかく解けてきた。私の指まで蕩けそうだ」

葛城の指先が、粘膜に隠れていた小さなしこりを、じゅぷんっ、と擦り上げる。その瞬間、鮮烈で強い快感が、春哉の体の中を衝《つ》き抜けた。

「あぁあっ……っ！　そこ――」

　恋人の指が見付けた、粘膜に隠れていた何か。春哉の細い腰が、快感を散らそうと無意識にせり上がり、より強い快感に押し戻される。ひくつきながら指を食い締める窄まりを、春哉は自分ではどうにもできなかった。

「あ……っ、んうっ、んっ、……そこ、知らない、すごい……っ」

「もっと？」

「は、い。いい……っ、すごく……、気持ちいい……っ」

　春哉は息も絶え絶えに、未知な快楽の虜《とりこ》になって、葛城を抱き締めた。指を二本に増やされ、ひどく感じるしこりを何度も衝かれて、めちゃくちゃに乱れていく。

「ああっ、あ……っ！」

　もっと――もっとしてほしい。春哉が乱れると、葛城の息も上がって、二人してキスをせずにはいられなくなった。淫らに舌を絡め合い、口腔の奥の奥まで互いの熱でいっぱいにして、そして求め合う。

「君が欲しい」

ボルドーで二人で最後に過ごした夜と、同じ言葉。春哉は嬉しくて、泣き出しそうなほど胸をいっぱいにしながら、はい、と頷いた。

「俺も――、葛城さんのことが、欲しいです。好き……、誰よりも、大好き……っ」

「春哉」

濡れそぼった指が引き抜かれ、粘膜が溶け出してしまいそうな秘所に、葛城の屹立が押し当てられる。抱え上げられた春哉の膝が、ぶるぶると戦慄いたのは、怖いからじゃない。葛城のことが待ち切れなくて、催促をしているからだった。

「……あ……、ああ――。……葛城さん……っ」

ぐぐ、と体重がかけられ、硬く熱い葛城の切っ先に、春哉は貫かれた。

指よりもずっと質量のあるそれに、深いところまで満たされて、意識が飛びそうになる。目の前に星が散ったかと思うと、春哉は葛城の襟足の髪を握り締めながら、自分でも気付かないうちに絶頂していた。

「あああ……っ！　嘘……っ、もう……っ」

彫刻のように起伏した葛城の腹を、春哉が放った白い飛沫《しぶき》が汚している。彼に貫かれただけで、いくなんて。

途切れそうな息で悶《もだ》えながら、春哉は肌を真っ赤にして、堪え性のない自分を恥じた。

「ごめん、なさい」

どうしようもない羞恥と、収まらない快感に呆然としている春哉を、葛城は宝物のように両腕で包んだ。

「愛している。春哉」

「お……っ、俺のこと、嫌わないで、ください」

「絶対に嫌わない。私は君と出会ってから、ずっと君に夢中なんだから」

「葛城さん」

「――君の方こそ、私を嫌わないでくれ。こうして一つになっても、まだ足りないんだ」

葛城は貪欲な声音でそう言うと、ぐったりとした春哉の体を、ベッドから抱き起こした。

膝の上へと迎えられて、葛城と一つに繋がった春哉の奥が、ずくん、と疼く。自分の重みで、さらに深々と貫かれた春哉は、声を震わせて喘《あえ》いだ。

「は……っ、……はぁ……っ、ああ、ん、……んっ、んっ」

「春哉、――春哉」

下から突き上げてくる律動に、春哉は汗の滴る髪を舞わせて、全てを預けた。粘膜の一番感じる場所を、何度も何度も擦り立てられると眩暈がしてくる。

激しい律動で春哉を穿《うが》ちながら、葛城は薄い鎖骨や、小さな乳首に、たくさんのキスを降らした。赤く充血した乳首を、舌先で転がしたと思ったら、白い蜜の名残《なごり》がある春哉の中心を、指と掌で撫で摩る。

快感を教えられた体の中と外を、際限なく愛されて、春哉は葛城のこと以外、もう何も考えられなくなった。

「いい……、ああ……っ。葛城さん、もっと、……続けてください。葛城さんと、ずっとこうしてたい」

「春哉、私も同じだよ。——今度は一緒に、おいで」

「はい、……葛城さん、離さないで。……あっ、んあぁ……っ……、あ——！」

忘我の一瞬が、また春哉の理性を攫《さら》っていく。自分の最奥で、葛城が滾《たぎ》った熱を弾けさせるのを、春哉は霞んでいる意識のどこかで感じていた。

「春哉——」

好きだ、と何度目かの告白をした葛城の唇が、春哉の唇に重なる。仄かにワインの香りのするキスを、春哉は夢中になって貪《むさぼ》った。

限界まで高め合い、葛城と同時に果てた春哉の体が、くにゃりと崩れ落ちていく。弛緩した春哉を受け止め、広い胸に凭《もた》れさせた葛城は、汗の雫《しずく》が滴った前髪を梳《す》いた。満ち足りた抱擁の中で触れてくる、彼の長い指は、愛情が溢れている。爪の先まで自分をいとしんでくれる、恋人のそれに、春哉はうっとりとしながら唇を寄せた。

「……好き……。ボルドーにいた時、葛城さんの指、いつも綺麗だって、思ってた」

「ありがとう。君の言葉は、いつでも私を幸せにしてくれる」

「俺だって。葛城さんと一つになれて、よかった」

まるで、どちらの方がより幸せか、競争をしているようだった。

ひとしきり、春哉のキスを受け止めた指先が、そっと離れていく。繋がったままだった春哉の体を、葛城は軽々と持ち上げて、まだ猛っている自身を引き抜いた。

「んんぅ……っ、……ん……」

まだ二人で繋がっていたいのに、柔らかくなった春哉の窄まりの奥から、恋人の白い残滓《ざんし》が溢れてくる。際限なく劣情を誘う、熱いそのぬめりに、葛城はタオルを宛《あて》がった。

「このまま私の胸の中で、じっとしておいで」

そう囁くと、葛城は春哉を抱いて、ゆっくりとベッドを下りた。ふわふわ、ゆらゆら、半開きになった瞼の向こうで、寝室の風景が揺れている。軋んだドアの開閉音とともに、バスルームへ運ばれた春哉は、裸の体にシャワーを浴びた。

少し温《ぬる》めのお湯が、汗ばんでいた肌を洗い流して、心地いい飛礫《つぶて》の音を鳴らしている。床に足をつけた春哉は、夢見心地の横顔をバスルームの鏡に映しながら、シャボンの香りに包まれた。

「んっ…、ふふ、くすぐったい――」

葛城が泡立てたスポンジが、春哉の首から、胸元へと滑り降りてくる。さっきまで彼が触れていた痕《あと》が、泡と一緒に消えていくのは、もったいない気がした。

「葛城さん、俺も、葛城さんを洗ってあげたい」

自分の体をスポンジに見立てて、春哉は葛城に抱き付いた。出しっ放しのシャワーの湯気と、二人分の体温で、ガラスのドアが曇っていく。ドアの外には誰もいないのに、真っ白に目隠しされたそこで、春哉は葛城の唇を掠め取った。

「春哉。また君のことが欲しくなってしまうよ」

「嬉しい。俺も同じです」

甘えるような春哉のキスに、葛城が熱っぽい囁きで応えてくれる。

春哉はいっそう強く葛城を抱き締めて、恋人に焦がれている彼の唇に、さっきよりも長いキスをした。

＊　＊　＊

「葛城さん！」

年が明けた、元日の朝。混《こ》んだ東京駅のコンコースで、待ち合わせ場所として有名なオブジェの前に、コートの似合う長身の男性が立っている。新幹線ホームから走ってきた春哉に気付くと、その人は端整な顔に笑みを浮かべて、黒手袋をした右手を振った。

「春哉。あけましておめでとう」

「おめでとうございます。今年もよろしくお願いします」

こちらこそ、と追随して、笑みを深くした葛城を、春哉はいとおしさを込めて見上げた。

『月村酒造』の正月は、神棚にその年最初のお神酒《みき》を捧げるために、酒蔵の鍵を開けるところから始まる。杜氏の父親の他、家族とおせち料理で元旦の乾杯を交わした春哉は、雪が舞い落ちる中を、初詣へ繰り出した。

例年はお雑煮を食べてから、家族で近所の神社にお参りに行っていたけれど、今年は違う。東京の実家で過ごしていた葛城と初詣をしに、早朝から新幹線に乗って、新潟を出て来たのだ。

「遠くまで来てもらって、悪かったね。私の方が、そちらへ行ってもかまわなかったのに」

「駄目ですよ。葛城さんは久しぶりの里帰りなんだから、東京でゆっくり過ごしてもらわないと」

年が明ける数日前、帰国してすぐに会いに来てくれた葛城と、ホテルで一泊した春哉は、彼を『月村酒造』へ招待した。両親は葛城を大歓迎して、蔵元でしか飲めない『春乃音』の生酒でもてなした。

フランスへ渡って以来、葛城が日本で新年を迎えるのは、初めてのことだという。彼が自分の家族と過ごす大切な時間を、少しだけデートに譲ってくれたことを、春哉はとても嬉しく思った。

「明治神宮《めいじじんぐう》で初詣がしたいなんて、君はなかなかの挑戦者だ。三が日で三百万人も毎年参拝客があるから、きっと今年も長蛇の列だと思うよ」

「いいんです。いつもニュースで見てるだけだったから、一度行ってみたくて。それに」

「それに?」

「明治神宮が、日本で一番初詣客が多いって聞きました。それって、一番ご利益があるってことだよね」

「まあ、解釈としては間違ってはいないだろうけど。君は神様に何をお願いするのかな」

「秘密です」

へへ、と笑ってごまかした春哉の髪を、葛城は大きな手でくしゃくしゃと撫でた。早起きして髪をセットしたのに、寝癖の状態に戻ってしまう。でも、彼の手がとても温かったから、春哉もほわりと温かい気持ちになった。

「行こう。君と初詣ができるなんて、私にはそれだけでご利益だよ」

葛城に促されて、コンコースを地下鉄の乗り場へと移動する。タイミングよく丸ノ内線のホームに入ってきた電車には、艶《あで》やかな晴れ着の女性もちらほらいた。

国会議事堂前駅で、明治神宮へ通じる千代田線に乗り換えると、車内は大混雑になった。乗客と乗客の間で揉みくちゃになっていた春哉を、守るように葛城が自分の胸に凭れさせる。

「大丈夫か？」

「はい…っ。すごい、ぎゅうぎゅう」

「——東京の満員電車も、久しぶりだな。ボルドーでは考えられないよ」

暢気《のんき》に呟く葛城がおかしくて、春哉はくすくす笑った。彼とこんなに近くで寄り添っていられるなら、満員電車も悪くない。

（いつでも、葛城さんのそばにいられますように。神様にお願いしたいのは、それだけなんだ）

たった一つの願いを叶えたくて、春哉は今、電車に揺られている。すると、片腕で春哉を抱き寄せていた葛城が、乗客たちには聞こえない小さな声で囁いた。

「君の願いは、きっと私と同じだね」

「——え？」

「君のそばにいたい。毎日君と寄り添えたら、私は他に何も望まない。君もそうだったら、嬉しいな」

「葛城さん……」

秘密にしていたはずなのに、葛城にあっけなく見破られてしまう。正月の休暇が終わったら、彼はボルドーへ帰って、また二人は離れ離れだ。仕方ないと分かっていても、春哉はもっと葛城のそばにいたかった。

明治神宮の一駅前で降りて、混雑のピークを避けながら参道の街を並んで歩く。新潟を出た時は雪が降っていたのに、東京の都心の空には、太陽が顔を出していた。

「葛城さん。葛城さんと一緒にいられたら、俺はもっとワインが好きになれますか？」

「ああ、きっとなれる。フランスへおいで、春哉」

「フランスへ…。でも、すごく遠いから、今度行けるのはいつになるかなあ」

寂しい気持ちを堪えて、春哉は明るい声でそう言った。すると、葛城が隣から右手を伸ばしてくる。春哉の左手をそっと取って、彼はコートのポケットの内側へ、繋いだ二つの手を隠した。

「将来、君は日本酒をもっと世界へ広めたいと言ったね。それならパリに留学して、フランスの醸造文化と流通ビジネスを学ぶといい」

「留学？　俺がっ？」

びっくりして瞳を丸くした春哉に、葛城は笑って頷いた。

「私のシャトーで開いた試飲会のお客様から、君に日本酒のことを詳しく教えてほしいと、この間リクエストがあった。世界を見据えてビジネスをするには、早いうちに海外へ出て、経験を積むべきだと思う。春哉、フランスを君のビジネスの出発点にしないか？　私が日本に帰国したのは、君に直接、この話を伝えたかったからなんだ」

「葛城さん――」

二人が出会った国、フランス。ワインが並ぶフランセーズの食卓に、同じ数だけ日本酒が並ぶ日が来てほしい。自分の夢を追い駆けるために、春哉は強く頷いた。

「葛城さん、俺、留学したい。フランスへ行きたいです」

「よかった。初詣を済ませたら、君ともう一度新潟へ行こう。君のご両親にも留学を薦めるよ。私が後見人になって、フランスでの生活に何の心配もいらないようにする」

「いいんですか、葛城さん。俺のために、そんなことまで」

「私はただ、君にそばにいてほしいだけだよ。留学中、平日はパリで暮らして、週末はボルドーで過ごす。君の一週間は忙しくなるね」

楽しそうに話す葛城は、まるで少年のような澄んだ瞳をしていた。初詣はまだなのに、神様が二人の願いを叶えてくれる。春哉はポケットの中で繋いだ手を握り締めて、両親にどう留学を切り出そうかと、幸せな思案に耽《ふけ》った。

あとがき

こんにちは。または初めまして。御堂なな子です。このたびは『あまやかな指先』をお手に取っていただきまして、ありがとうございます。

このお話は、以前刊行させていただいた、テーラー見習いと巨大アパレル企業のＣＥＯとの恋を描いた『いとしい背中』と、世界観を同じにしています。スピンオフというほどではないのですが、私の頭の中では、今回の主人公たちの方が早く生まれていたので、こうして無事にお披露目できてほっとしました。『いとしい背中』の二人もゲストで少しだけ登場していますので、懐かしく思っていただけたら嬉しいです。

今回はこれまでの私の作品の中でも、成就するまでかなりじれったい恋だったような気がします。成功を収めた大人の男が、年下の発展途上の男の子を好きになって、無理矢理奪うでもなく掌の中で温めるような愛情を向けていく――そして年下の彼も、大人の彼が気になりながら簡単には受け入れず、戸惑いや葛藤を経て、自分の中の恋に気付いていく。春哉と葛城は、ワインというおいしくなるまで時間のかかるお酒を通して出会った二人なので、恋も手間がかかる正攻法がぴったりだと思いました。

春哉は日本酒の蔵元で大事に育てられた跡取りですが、お坊ちゃんでは終わらない向上心のあるキャラに描くことができて、楽しかったです。葛城は私の歴代攻めキャラの中で群を

抜くまっとうで常識的な人でした。それが逆に新鮮でした（笑）

このお話を本にすることができたのは、ひとえにイラストを担当してくださった麻々原絵里依先生のおかげです。前作に引き続き、たいへんお世話になりました。大人の葛城と、これから大人になる春哉の対比に惚れ惚れしています。今回もお忙しいところを、本当にありがとうございました！

担当様、いつも遅い時間まで作業に付き合ってくださってありがとうございます。これからも何卒お手柔らかによろしくお願いいたします。Yちゃん、今度一緒に飲む時は日本酒と赤ワインで乾杯しましょう。家族、そして、いつも遠くから応援してくださっている皆さん、少しでも成長している姿をお見せできているでしょうか。時には厳しく活を入れてやってください。

最後になりましたが、読者の皆様、ここまで読んでくださってありがとうございました。ワインが好きな方にも、日本酒が好きな方にも、また今後お酒を飲む予定の方にも、楽しい一冊だったと言っていただけたら光栄です。これからの執筆の糧に、よろしければご感想をお寄せください。お待ちしております。

今作の執筆の少し後、フランスで悲しい出来事がありました。世界のどの場所も、争いや諍いの現地にならないことを願ってやみません。

御堂なな子

✦初出　あまやかな指先……………書き下ろし

御堂なな子先生、麻々原絵里依先生へのお便り、本作品に関するご意見、ご感想などは
〒151-0051 東京都渋谷区千駄ヶ谷 4-9-7
幻冬舎コミックス　ルチル文庫「あまやかな指先」係まで。

幻冬舎ルチル文庫

あまやかな指先

2015年12月20日　第1刷発行

✦著者　御堂なな子　みどう ななこ

✦発行人　石原正康

✦発行元　株式会社 幻冬舎コミックス
〒151-0051 東京都渋谷区千駄ヶ谷 4-9-7
電話 03(5411)6431［編集］

✦発売元　株式会社 幻冬舎
〒151-0051 東京都渋谷区千駄ヶ谷 4-9-7
電話 03(5411)6222［営業］
振替 00120-8-767643

✦印刷・製本所　中央精版印刷株式会社

✦検印廃止

ISBN978-4-344-83602-0　C0193　Printed in Japan